DE LA MÊME AUTRICE

*Aux Éditions Gallimard*

LES PAUVRES PARENTS
SONIETCHKA
MÉDÉE ET SES ENFANTS
DE JOYEUSES FUNÉRAILLES
UN SI BEL AMOUR ET AUTRES NOUVELLES
LE CAS DU DOCTEUR KOUKOTSKI
SINCÈREMENT VÔTRE, CHOURIK
MENSONGES DE FEMMES
DANIEL STEIN, INTERPRÈTE
LES SUJETS DE NOTRE TSAR
LE CHAPITEAU VERT
À CONSERVER PRÉCIEUSEMENT
CONFITURE RUSSE
L'ÉCHELLE DE JACOB
MON PETIT-FILS BENJAMIN
CE N'ÉTAIT QUE LA PESTE

*Aux Éditions Gallimard Jeunesse*

LE MIRACLE DES CHOUX ET AUTRES HISTOIRES RUSSES
CONTES RUSSES POUR ENFANTS

*Du monde entier*

LUDMILA OULITSKAÏA

# LE CORPS DE L'ÂME

nouveaux récits

*Traduit du russe*
*par Sophie Benech*

*nrf*

GALLIMARD

*Titre original :*

о теле души

O TELE DOUCHI

Nous en savons beaucoup plus sur le corps que sur l'âme. Personne ne peut dessiner un atlas de l'âme. Il ne nous est donné que d'entrevoir parfois une zone frontalière. Au fur et à mesure que nous approchons de cette frontière, on sent de telles vibrations, on découvre des détails si subtils qu'il est presque impossible d'en parler dans notre langage magnifique, mais limité.

S'en approcher est risqué et très dangereux.

Cette zone est fascinante, et plus on avance dans la vie, plus la fascination devient puissante.

LUDMILA OULITSKAÏA

# LES AMIES

## EN GUISE D'AVANT-PROPOS

# *Je n'en veux pas d'autres...*

Mes amazones, mes petites filles, mes petites vieilles, mes amies,

chaussées de bottines bariolées, de savates, de sandales, pieds nus,

emportées dans une ronde chantante, insouciante, pétaradante, tapageuse et parfois glapissante,

toutes elles tournoient, elles bondissent, elles dansent, certaines le twist et d'autres le quadrille.

Les danses du monde sont sacrées.

Leur chant est tel qu'il guérit les malades et endort les enfants,

mais ne sait pas ramener les morts,

même si peut-être il saura bientôt le faire.

Comme elles sont magnifiques, mes amies, avec leurs boucles, leurs couronnes de tresses et leurs têtes rasées,

avec leurs crânes pareils à des boules d'ivoire luisant,

avec leurs tignasses, leurs dreadlocks, leurs tendres frisettes mauves,

mes amies au pied léger, l'une sur ses pointes, une autre qui sautille, celle-là en fauteuil roulant, suivie par une amie avec la canne à trépied dont elle se sert depuis son attaque.

Elles bondissent, les jeunes aux mamelons bien affûtés,
elles bondissent, celles dont les seins pendouillent, et les prunes de leurs mamelons s'envolent,
en jouant,
elles bondissent, les petites filles à la poitrine plate qui cachent leur honte de leurs mains avec une couronne d'aneth...

Je vous aime, mes amies, pour votre gaieté et votre fidélité,
pour le bien que vous faites et votre générosité,
pour le sentiment maternel avec lequel
vous vous penchez sur les petits et sur les faibles,
quand ce ne serait qu'une souris, qu'une grenouille,
sans parler des enfants des hommes.
Tania, Zoïa, Larissa, mes trois Natacha, Diana, Iricha, Katia-Léna, Tamara, Ilana, Kristina et Hanna-Maria, Nastia, Katia, Kioko... Macha, Macha, bien sûr, j'ai failli l'oublier, car elle est partie depuis si longtemps que nos bébés ont fait des bébés et que nos petits-enfants ont grandi...
Et celles qui sont parties, leur ronde tournoie tout là-haut,
il n'y a qu'à lever les yeux,
et on voit leurs pieds joyeux, ou bien les pantoufles

défraîchies des défuntes et la blancheur de leurs linceuls,

Véra, Karia et Olia, Tamara, Gaïanè et Marina, Irina et Nathalie…

Ensemble nous avons vécu nos vies en portant nos chagrins dans nos bras,

en nous aidant les unes les autres à trimbaler des valises, des cercueils et des patates,

pleurant à gros sanglots dans le giron les unes des autres, sur toutes les passions dévorantes, toutes les tromperies, les avortements, les trahisons, les perquisitions, la honte d'être envieuses.

Nous nous sommes appris mutuellement à pardonner,

mais d'abord nous avons volé des maris,

nous avons forniqué, menti et commis de telles horreurs

qu'ensuite nous tombions à genoux en pleurs et en prière,

et nous attendions des autres le pardon et la pitié, les caresses et l'affection que se prodiguent les sœurs.

Je n'en veux pas d'autres, je les aime, ces écervelées, ces sages,

ces dévergondées, ces charmeuses, ces menteuses,

ces femmes magnifiques, superstitieuses et fidèles,

ces femmes follement intelligentes et ces gourdes irrécupérables, auprès desquelles même les anges du ciel pourraient prendre des leçons...

J'ai besoin de vous telles que vous êtes – d'ailleurs je suis bien votre pareille.

## *Le Dragon et le Phénix*

Alors qu'il ne lui restait plus qu'une semaine, mais personne ne pouvait le savoir, Zarifa demanda à Moussia de composer un numéro de téléphone et lui dicta aussitôt les chiffres.

« Non, mais quelle mémoire exceptionnelle tu as ! » s'exclama pour la millième fois Moussia, admirative.

Mais Zarifa était depuis longtemps habituée à cette admiration et dit assez sèchement :

« Fais le numéro ! »

Bien qu'elle eût un secrétaire, Moussia remplissait ces obligations mieux que n'importe quel secrétaire. D'ailleurs son anglais était meilleur que celui du secrétaire, et très certainement meilleur que celui de Zarifa. C'était la même chose pour le russe, pour le français et même, depuis quelque temps, pour le grec, mais cela n'avait plus d'importance à présent.

Moussia composa le numéro précédé d'un code qui lui était inconnu, un homme répondit par un « Allôôô » prolongé et chantant, et Moussia approcha l'écouteur de l'oreille de Zarifa pour que celle-ci n'ait pas à se redresser. Zarifa se mit à parler en azéri, et sa voix s'emplit de force et de tendresse. Moussia comprenait un peu cette langue, bien qu'elle ne l'eût jamais parlée. Elle avait fait ses études dans l'école russe d'une petite ville arméno-azérie autrefois paisible, et dans cette école, si la moitié des élèves étaient des Russes, l'autre moitié était constituée des enfants des Arméniens et des Azéris les plus cultivés de la ville, de ceux qui comprenaient que, pour recevoir une bonne éducation, il fallait aller en Russie. À la fin de leurs études, les enfants parlaient un russe presque aussi bon que celui de leur professeur, Aliev, un russophile et un ardent communiste. Cet établissement avait été russe dans son passé historique et qui plus est, cela avait été la première école de filles de tout le Karabakh. Les professeurs étaient tous plus vieux les uns que les autres, on aurait dit des pièces de musée. Ici les enseignants et les élèves avaient une particularité : dans les efforts qu'ils déployaient pour peaufiner la langue de Pouchkine et de Tolstoï, les différends entre Arméniens et Azéris s'atténuaient, leur non-appartenance à la grande culture russe les mettait à égalité… Zarifa avait terminé cette même école huit ans avant Moussia, mais elles s'étaient connues bien des années plus tard, à Moscou.

Leur ville natale du Karabakh était depuis longtemps subtilement, mais résolument, divisée en ville haute et ville basse, en ville arménienne et ville azérie, et tout le monde vivait un peu comme à la campagne, dans les cours et dans la rue. Il y avait de temps en temps des mariages mixtes, et chaque fois, c'était quelque chose de spécial, un événement qui soulevait une vague de fond parmi la famille et les voisins. Qu'est-ce qui les bouleversait ainsi ? Oh, c'est une longue histoire. Les mariages avec des Russes ne leur tournaient pas autant les sangs.

Moussia écoutait. Apparemment, Zarifa disait à son frère de venir la voir, le nom de l'aéroport voisin avait surgi dans la conversation. Et elle lui demandait quelque chose, seulement Moussia ne put saisir en quoi consistait sa demande, elle surprit le mot « dragon », mais n'arrivait pas à en croire ses oreilles. Que venait faire un dragon ici ? À la fin de la conversation, Zarifa dit en russe : « Viens, Saïd. Et dépêche-toi… »

Moussia reprit l'écouteur. Zarifa lui interdisait de pleurer. Toutes les deux restèrent sans rien dire. Moussia posa sur la petite table de chevet de l'hôpital ses mains d'une blancheur de porcelaine et les arrosa de larmes silencieuses.

Cela faisait presque deux ans que cette maudite maladie s'était abattue sur Zarifa. Au début, elle s'était fait soigner à Munich, on l'avait opérée là-bas, puis elles avaient déménagé en Israël, où elle avait suivi une chimio et une radiothérapie, et maintenant, elles s'étaient installées à Chypre, où Zarifa avait acheté depuis longtemps une maison destinée aux joies estivales. Sans rien dire, elles avaient pris chacune leur décision : Zarifa luttait jusqu'au bout et Moussia, qui avait perdu toute confiance dans les médecins, s'était embringuée dans une relation avec deux sorcières arméniennes, des sœurs d'un certain âge enchâssées dans de l'or depuis les oreilles et les dents jusqu'aux chevilles. La nuit, quand Zarifa l'envoyait dormir à la maison, Moussia s'entretenait avec elles en secret sur Skype. Elle leur avait confié une tâche qui n'avait rien de trivial : il s'agissait, non de guérir Zarifa, mais d'enclencher un processus complexe consistant à échanger une âme contre une autre. Les sœurs lui avaient envoyé une huile spéciale pour frictionner les jambes de la malade. Margot, la plus âgée, avait assuré qu'un tel échange était possible : elles avaient eu une maman qui était partie à la place de son fils. Leur sorcellerie avait fonctionné d'une façon ingénieuse : le petit garçon avait survécu, il avait été guéri d'une maladie mortelle du sang par l'académicien Vorobiev, à Moscou, et, dès qu'il s'en était sorti, sa maman avait été renversée par un tramway, et elle était morte sur le coup.

Moussia était diplômée d'un institut pédagogique de Moscou, elle était tout ce qu'il y avait de cultivé du point de vue littéraire, elle avait beaucoup lu, et sa mémoire lui avait obligeamment soufflé le nom de Berlioz, le personnage du *Maître et Marguerite* qui se fait écraser par un tramway après avoir glissé sur de l'huile de tournesol. Tout y était : la sorcellerie, le tramway, l'huile…

« C'était un garçon très bien, il s'est engagé dans l'armée, mais maintenant, il est en prison », avait dit l'une des sœurs. Et la seconde l'avait reprise : « Ne colporte pas de ragots ! Les miracles, ça existe ! »

Depuis trois mois, les choses n'avaient fait qu'empirer, le miracle ne se produisait toujours pas. Moussia avait mis au point un plan : si les sorcières n'arrivaient pas à opérer l'échange et si Zarifa partait, elle la suivrait. Il est vrai que, dans cette petite ville chypriote, il n'y avait pas de tramway, mais en revanche, il y avait une mer qui déferlait juste sous leurs fenêtres en proposant ses services divers et variés, et puis personne n'avait encore aboli l'antique corde. Pourquoi la chance qui avait accompagné Zarifa toute sa vie (oh, quelle chance elle avait toujours eue !) s'était-elle détournée et voulait-elle lui reprendre d'un seul coup tout ce qui lui avait été généreusement donné d'emblée – c'était une chose à laquelle elles réfléchissaient chacune de leur côté. Mais si Zarifa procédait à un audit intérieur en essayant de trouver où elle avait commis une erreur, Moussia, elle, entremêlait ses pensées de motifs archaïques : il y avait là le feu, le sang et l'eau, ils se conjuguaient dans des proportions particulières, et il n'y avait aucune erreur, juste une situation désespérée et accablante.

« Arrête de pleurnicher ! Tu ferais mieux de manger quelque chose, regarde, Katia a apporté des feuilles de vigne farcies. »

Cette Katia importée de Moscou était la meilleure femme de ménage du monde. Zarifa aimait tout ce qu'il y avait de mieux, elle s'y connaissait en montres, en diamants, en stylos, en voitures. Et en êtres humains.

Là, Moussia fondit définitivement en larmes. Cela faisait une semaine que Zarifa ne mangeait plus, elle n'avalait rien, elle buvait juste un peu, et dans le sac en plastique se déversait goutte à goutte un liquide qui n'était plus rosâtre, mais d'un rouge virulent. Et de nouveau, de vagues pensées archaïques se bousculèrent dans la tête de Moussia : le-sang-l'âme-la-vie s'écoulaient hors d'elle, tandis qu'on lui injectait par le cathéter du sérum physiologique, une sorte d'eau trouble... Si cela n'avait tenu qu'à elle, elle aurait donné tout son sang !

« Quand tu auras mangé, j'aurai encore un coup de fil à donner..., ordonna Zarifa. J'ai une affaire à régler...

— Quelle affaire ? » demanda Moussia, affolée.

Zarifa avait toujours beaucoup aimé chez elle cette qualité charmante et un peu niaise – une totale incapacité à comprendre l'aspect pratique de la vie. Et elle caressa la jambe soyeuse qu'elle avait sous la main. Moussia n'avait pas un seul poil sur le corps, sa grand-mère lui avait appris dès l'adolescence à se frotter la peau à la pierre ponce jusqu'à ce qu'elle devienne lisse comme de la glace.

Après une longue période de faiblesse, Zarifa connaissait un regain d'énergie inattendu. Elle désigna de nouveau le téléphone.

« Appelle Génia Raïkhman, dis-lui de venir me faire ses adieux.

— Qu'est-ce que tu racontes... De quels adieux tu parles...

— Dis-lui ce que tu voudras, du moment qu'elle vient. Cette nuit, c'est Katia qui va rester avec moi, cela fait trois nuits que tu n'as pas dormi, va te reposer. Viens à l'heure du déjeuner, et envoie-moi Katia pour onze heures... »

Elles s'étaient mariées douze ans plus tôt, à Amsterdam. Zarifa avait longuement mûri son plan et s'était bien préparée : elle avait obtenu une carte de séjour aux Pays-Bas, avait ouvert là-bas une filiale de sa société et, pour finir, avait acheté une maison confortable à Amsterdam, au bord du fleuve Amstel, à deux pas du théâtre De Kleine Komedie.

Après ces manœuvres préliminaires, dans lesquelles ses projets matrimoniaux se conciliaient parfaitement avec ses projets professionnels, elle avait demandé Moussia en mariage. Elles vivaient ensemble depuis déjà cinq ans, mais là, Moussia avait pris peur. En premier lieu, elle avait déjà fait un mariage raté dont elle s'était enfuie comme on s'évade de prison, et avait mis longtemps à débarrasser sa mémoire de cet homme à la barbe piquante et aux penchants sadiques. Elle s'était alors juré de ne plus avoir affaire aux hommes et de ne plus jamais se marier, mais elle ne savait pas où ce serment allait la mener. Or il l'avait menée dans les bras de Zarifa. En deuxième lieu, lequel était en fait le premier, cela la terrorisait de proclamer devant le monde entier qu'elle était… au mot « lesbienne », elle était toujours tétanisée, comme une petite fille surprise à voler. Au plus profond de son âme craintive se tapissait l'épouvante, elle savait que c'était mal. Sa mère avait failli devenir folle quand elle avait appris pour Zarifa, et elle lui avait interdit d'en parler à la famille. Et voilà que maintenant Zarifa la demandait en mariage ! Lui opposer un refus ? C'était impossible. Tout ce que faisait Zarifa était parfait : elle réussissait brillamment comme juriste, elle était la meilleure des négociatrices, elle avait un remarquable sens des affaires, c'était quelqu'un qui avait le goût du risque tout en faisant preuve d'une prévoyance prudente. Moussia était fière d'elle : elle était capable de tout faire, absolument tout – sauter en parachute, participer à des rallyes, elle avait été championne de bridge dans sa jeunesse, les derniers temps, il lui était arrivé de jouer au casino, et elle ne perdait jamais !

Moussia essayait bien d'arrêter Zarifa dans ces lubies masculines, mais ses timides efforts de persuasion se terminaient toujours de la même façon – par des manifestations d'une tendresse déterminée qui n'avait rien de féminin et par des caresses pleines d'énergie. La sollicitude inquiète de Moussia, à la fois maternelle et puérile, et les perpétuelles angoisses superstitieuses qu'elle nourrissait pour son amie touchaient infiniment Zarifa.

Le certificat de mariage délivré par la mairie de la ville la plus tolérante du monde se trouvait désormais au mur du salon de leur maison de Chypre, enchâssé dans un cadre de velours damassé blanc. Quand on avait montré pour la première fois ce certificat à Génia Raïkhman, celle-ci avait fait la grimace et embrassé le papier en disant : « Les filles, vous étiez les dernières des putains, et maintenant, vous êtes des épouses convenables ! » Elles avaient toutes éclaté de rire.

Génia était la personne la plus libre du monde. Et elle était apparemment libre aussi de toute orientation sexuelle, quelle qu'elle soit. Elle avait choisi pour unique partenaire la science et avait fricoté avec elle toute sa vie, étudiant tantôt des levures, tantôt on ne sait quels vers de terre. Ces dernières années, elle travaillait sur le génome humain dans un laboratoire de Zurich. Un projet international à propos duquel Zarifa la taquinait en lui promettant une aide juridique gratuite quand elle serait traduite en justice pour divulgation du Secret Divin.

Aujourd'hui encore, leur photographie de mariage était accrochée dans leur maison de Chypre : une Zarifa à la large carrure vêtue d'un veston blanc avec, sur le revers, une bille à l'éclat coûteux, pose sa main aux doigts courts sur l'épaule d'une Moussia qui sourit timidement, elles se trouvent devant la baie vitrée du restaurant *Ciel bleu*, au vingt-troisième étage de l'hôtel Okura. Zarifa est rayonnante, Moussia très gênée. Elle n'arrivait pas à prononcer le mot « mari ». Et elle n'aurait pu expliquer à personne ce que Zarifa était pour elle : un défenseur, un protecteur, une amie, une amoureuse ? Ou un amoureux ? Bien sûr, elle comprenait que seul un homme peut être un mari. Mais elle n'avait rencontré personne qui fût l'égal de Zarifa, ni parmi les hommes ni parmi les femmes. Son amour était né d'un sentiment d'admiration et de gratitude, c'était cet amour exalté qu'éprouvent parfois de jeunes étudiantes pour leur vieux professeur, des petites filles pour leur institutrice, ou des petits garçons pour leur footballeur préféré.

Elles étaient le premier couple de ce genre en provenance de Russie à enregistrer leur mariage à Amsterdam. En Arménie et en Azerbaïdjan, personne n'avait entendu parler de choses aussi exotiques...

Ah, ce mariage, ce mariage ! Impossible de l'oublier ! Moussia avait eu beau supplier de ne rien organiser, de n'inviter personne à la célébration de cet amour autrefois illégal, mais légalisé un an plus tôt par la loi des Pays-Bas, Zarifa avait convié à leurs noces sa famille azérie, elle leur avait acheté des billets et avait réservé six chambres à l'hôtel Okura. Moussia, de son côté arménien, n'avait invité que son neveu Achot qui faisait depuis trois ans des études de commerce à Londres, dans une école payée par Zarifa. Les autres, ses parents et sa sœur, elle avait décidé de ne pas les traumatiser. Son père avait de temps en temps des crises d'épilepsie, il n'aurait plus manqué qu'il s'effondre au mariage sous le coup de l'émotion.

Zarifa s'était trompée dans ses calculs, le fiasco avait été total : les membres de sa famille, sous le commandement de son frère aîné, Saïd, avaient débarqué presque au complet, à l'exception d'une tante du Karabakh, la sœur de leur défunt père fabricant de tapis, qui n'avait pas réussi à surmonter sa peur devant un voyage dans les airs. Ils étaient arrivés la veille du mariage et, le soir même, après avoir fait la connaissance du fiancé présumé qui s'était avéré être une fiancée, ils étaient tous repartis comme un seul homme à l'aéroport sans prendre congé, refusant ainsi de prendre part à ce sacrilège imminent.

« Tu avais raison, Moussia, avait soupiré Zarifa avec mépris quand le secrétaire l'avait informée que sa famille au grand complet avait regagné l'aéroport de Schiphol. J'avais meilleure opinion d'eux. Quand nous étions petits, Saïd m'adorait, nous avons quinze ans de différence et il était comme un père pour moi. Mieux qu'un père. Qu'ils aillent au diable ! »

Elle avait haussé les épaules et s'était rendue dans un bar voisin qui jouissait de la réputation la plus gay qui soit. Et elle avait invité toutes les personnes présentes à son mariage. Autour de la table prévue pour quarante s'étaient retrouvés quelques amis d'Amsterdam et de parfaits inconnus recrutés dans le bar, des homos, des travestis et des créatures de sexe indéterminé, plutôt masculin que féminin. Ils avaient une allure superbe et portaient des vêtements magnifiques – presque des costumes de théâtre, avec des plumes duveteuses et des bouts de ferraille cliquetants. Il existait aussi des photos d'eux, elles ne se trouvaient pas au mur de leur maison de Chypre, mais dans un album que l'on montrait à tous ceux qui s'intéressaient à la biographie commune de Moussia et de Zarifa.

Depuis que Zarifa était malade, Moussia avait considérablement maigri, elle s'était mise à ressembler plus que jamais à une amphore au long col avec un corps en forme de sphère. Elle ne pouvait absolument rien avaler. Ce soir-là, elle jeta un coup d'œil dans le réfrigérateur, il était rempli de nourriture, mais elle ne sentit qu'une bouffée de froid non comestible. Elle prit une douche et alla se coucher. Elle s'effondra immédiatement, sans aucune pensée ni aucun pressentiment, ils étaient tous morts en elle, il ne restait plus que les instructions quotidiennes de Zarifa auxquelles elle se conformait scrupuleusement.

Elle fut réveillée par la sonnerie du téléphone. Son cœur se mit à battre la chamade – des coups de fil aussi matinaux ne laissaient rien présager de bon. Elle prit l'écouteur. « Allôôô ! » Saïd, elle le reconnut tout de suite. Il lui dit qu'il était déjà arrivé à Moscou, que son avion décollait à huit heures vingt, et qu'il serait à Larnaca d'ici trois heures. Il demandait qu'on vienne le chercher. Oui, oui, bien sûr, on viendra vous chercher…

Elle appela Katia à l'hôpital. Celle-ci lui dit qu'on avait emmené Zarifa dans la salle d'opération pour lui changer son cathéter et qu'elle avait chargé son secrétaire de se rendre à la banque dans la matinée.

« Quefairequefairequefaire… », murmurait Moussia, les lèvres sèches.

Elle avait perdu depuis longtemps l'habitude de prendre des décisions, même pour se choisir une robe. Elle se trouvait maintenant confrontée à une tâche monstrueuse qui occultait tous ses chagrins : il fallait accueillir à l'aéroport ce Saïd qui la détestait, et il fallait qu'elle y aille elle-même, qu'est-ce qu'elle allait bien pouvoir lui dire, et lui, qu'est-ce qu'il allait dire… Et quelle tenue devait-elle mettre… Zarifa était en salle d'opération, elle n'avait personne à qui demander… Il était déjà dans l'avion… Dans les airs… Il approchait… Ces hommes azéris… Ils étaient même pires que les Arméniens… Elle avait vu Saïd une seule fois dans sa vie, lorsqu'il était venu à Amsterdam juste avant le mariage, il l'avait regardée d'un œil féroce, s'était levé et avait emmené toute la famille de Zarifa… Cela avait été épouvantable…

« Dis à Zarifa que je suis déjà en voiture. Je vais chercher Saïd. »

Elle le reconnut immédiatement – des cheveux gris, de larges épaules, petit, mais quand même beau. Le bout de son nez était légèrement incurvé vers le bas, son menton remontait légèrement vers le haut, comme celui de Zarifa, et il avait la même fossette au milieu. Avec son costume noir et ses sandales, il avait une dégaine si ridicule que les Grecs se retournaient sur lui. De plus, il était chargé d'une ribambelle de sacs en plastique et traînait derrière lui un sac de voyage à roulettes aux couleurs tropicales d'où sortait un énorme rouleau. En le voyant, Moussia faillit fondre en larmes à cause de sa ressemblance avec Zarifa. Il est vrai qu'il avait plutôt l'air d'être son père.

Elle s'approcha de lui.

« Bonjour Saïd, je suis venue vous chercher. C'est Zarifa qui m'a envoyée.

— Pourquoi elle n'est pas venue elle-même ? »

Moussia répondit avec son sourire timide.

« Elle ne se sent pas bien. Elle est à l'hôpital. Nous allons d'abord passer la voir et, ensuite, je vous emmènerai là où cela vous convient, chez nous ou bien à l'hôtel. Attendez-moi ici, je passe vous prendre dans cinq minutes. »

Les BMW sont de grosses voitures, mais leur coffre n'est pas très spacieux. Ils fourrèrent les sacs en plastique à l'intérieur. Il plia le sac à roulettes et introduisit dans le coffre l'énorme rouleau cousu dans une toile de jute crasseuse. Ils roulèrent assez longtemps sans rien dire, puis Saïd demanda :

« Qu'est-ce qu'elle a ?

— Un cancer, répondit Moussia, laconique.

— C'est mauvais. Ils meurent tous d'un cancer. Notre père est mort d'un cancer, et le père de notre père aussi. Son père, lui, avait une maladie de l'estomac. C'était sans doute aussi un cancer, mais on ne le savait pas. »

Deux heures plus tard, Saïd entrait dans la chambre où l'on venait de ramener Zarifa. Son teint naturellement mat conférait une nuance noisette à son visage jaunâtre. Elle ouvrit les yeux et vit son frère. Ses yeux à lui étaient figés d'horreur.

« Ah, tu es arrivé... Sortez toutes. Il faut que je lui parle... »

Moussia, Katia et l'infirmière sortirent l'une après l'autre et fermèrent la porte. Moussia resta derrière, tendant l'oreille pour savoir ce qu'ils se disaient, mais elle n'entendit rien, ils discutaient à voix basse.

Puis Moussia conduisit à l'hôtel un Saïd hébété. Il n'avait pas voulu habiter chez elles, et elle avait poussé un soupir de soulagement.

Le lendemain, dans la soirée, Génia Raïkhman atterrit à l'aéroport de Larnaca. Elle loua une voiture et se rendit chez elles. Ce n'était pas la première fois qu'elle venait. Elle fut accueillie par Katia, la femme de ménage, qui téléphona à Moussia à l'hôpital. Celle-ci demanda à Zarifa si Génia devait venir maintenant. Zarifa lui enjoignit de venir sur-le-champ. Et Génia se rendit à l'hôpital.

De nouveau, Zarifa fit sortir tout le monde. Une fois qu'elles se retrouvèrent seules, elle dit à Génia :

« C'est bien que tu sois venue, j'ai trois questions importantes à te poser. »

Génia, qui avait compris la situation dès la première seconde, ne trouva pas comment lui renvoyer la balle par une plaisanterie un peu débile, selon son habitude. Elle s'assit auprès de Zarifa et lui posa une question déplacée et même stupide :

« Comment te sens-tu ?

— Ben quoi, tu ne le vois pas toute seule ? Je suis en train de crever. Bordel. Et justement, à ce propos, j'ai des questions à te poser. Tu es la plus intelligente de nous toutes... »

Génia était horrifiée, mais pas par le fait que Zarifa était en train de mourir, ni parce qu'elle en était consciente. Elles avaient vécu dans le même immeuble, dans le même appartement à Marina Rochtcha du temps où Zarifa louait une chambre chez la tante de Génia, son premier logis moscovite, et elles se connaissaient très bien. « Elle va parler d'argent, de ses affaires... », se dit Génia, affolée. Sans doute un partage compliqué, avec tout un scénario et ces intrigues pour lesquelles Zarifa était si douée, et qui suscitaient chez Génia une aversion tenace.

« Pour rien au monde ! décida-t-elle en son for intérieur. Je vais lui dire qu'elle n'a qu'à faire un testament, voilà ce que je vais lui dire... »

Et elle attendit sa question avec appréhension.

Zarifa souleva légèrement la tête.

« Dis-moi, Génia, à ton avis, c'est quoi, l'intelligentsia ? »

Génia inspira la fraîcheur de l'air conditionné et l'expira. Elle déraillait ? Ou alors il y a quelque chose que je n'ai pas compris.

« L'intelligentsia ? » répéta-t-elle, n'en croyant pas ses oreilles, mais avec un certain soulagement.

Zarifa ferma les yeux, et Génia vit aussitôt à quel point ils étaient devenus creux. La mort avait déjà fardé ses paupières de touches noires, ses lèvres pulpeuses étaient devenues foncées et sèches, ses tempes aussi s'étaient creusées... On voyait qu'elle était lasse, très lasse. Quand elle avait les yeux fermés et ne disait rien, on avait l'impression qu'elle était morte.

« Tu sais, je ne suis pas sûre que l'intelligentsia existe encore. Mais si elle existait, je pense que la définition la plus exacte, ce serait une couche de gens cultivés dont l'activité est motivée par la recherche du bien commun et non par l'intérêt personnel... »

Une ombre de mécontentement passa sur le visage de Zarifa.

« Non, ce n'est pas ce que je pense. »

Puis elle ouvrit les yeux et l'interrogea comme un professeur qui fait passer un examen :

« Dis-moi, qu'est-ce qui distingue les Arméniens des Azéris ? Je ne parle pas de ce qu'on entend dans la rue. Je veux dire scientifiquement. Tu es généticienne, non ? »

Là, Génia, qui était une non-croyante aussi fermée qu'une porte à toute conception religieuse, pria pour la première fois de sa vie. « Aide-moi, Seigneur ! Aide-moi, je ne peux pas... »

« Tu parles sérieusement ?

— Oui. Sérieusement. Cela fait longtemps que je voulais te poser la question, mais je n'ai jamais trouvé le temps...

— Alors écoute. Je vais te faire un petit cours. Aujourd'hui, on considère comme prouvé que les caractéristiques cognitives et mentales sont génétiquement programmées. Mais les particularités personnelles relèvent d'un domaine aux limites assez larges et sont déterminées par des variantes des gènes. Et la fréquence à laquelle on rencontre des variantes déterminées de gènes dans les populations...

— Fais plus simple, demanda Zarifa à voix basse.

— Je vais essayer de simplifier. Les allèles, c'est-à-dire les versions variables d'un même gène qui se rencontrent le plus souvent dans une population, déterminent ce que l'on appelle le caractère national.

— Encore plus simple, s'il te plaît. Il est important que je comprenne... »

Génia garda le silence un instant, et pria de nouveau le ciel avec toute la force d'une personne acculée dans une impasse.

« Eh bien, voici un exemple : il y a relativement peu de temps, on a découvert qu'il existe des gènes qui déterminent la combativité et la placidité. On considère que le peuple le plus paisible est celui des Bushmen de la tribu San, en Afrique du Sud, et le plus belliqueux celui des Indiens d'Amérique du Sud de la tribu des

Yanomami. Il se trouve que l'un des gènes des Indiens, à la différence des Bushmen, présente la mutation 7R, c'est elle qui les rend si belliqueux et si agressifs.

— Parle-moi des Arméniens et des Azéris, Génia... Je n'ai pas envie d'entendre parler des Indiens. »

Le courant d'air frais du climatiseur soufflait directement dans le cou de Génia, mais elle ressentit une bouffée de chaleur.

« Tu comprends, outre des facteurs purement génétiques, il y a aussi des facteurs ethnographiques et historiques, mais ce sont précisément les allèles comportementaux les plus fréquents dans les populations qui caractérisent ce qu'il est convenu d'appeler le caractère national, ou les particularités ethnopsychologiques...

— Pfff ! pesta Zarifa d'une voix tout à fait énergique. Explique-moi pourquoi on ne peut pas asseoir des Arméniens et des Azéris à la même table ?

— Ce n'est pas une question de génétique, mais une question socioculturelle, je pense...

— Encore une fois, tu n'arrives pas à me donner une réponse cohérente. Assieds-toi. Je te mets un zéro. Alors dis-moi, honnêtement : est-ce que je suis quelqu'un de bien ? »

Génia réfléchit un instant. Elle aimait Zarifa, mais savait qu'elle était une personne aux multiples facettes, parfois, c'était quelqu'un de bien, et même d'extrêmement bien, mais parfois... Aïe, aïe, aïe...

Zarifa était allongée les yeux fermés, large, toute plate, et elle attendait une réponse.

« Tu es quelqu'un de très bien... », dit doucement Génia, et elle songea qu'il y avait sans doute un grand nombre de gens sur terre qui ne seraient pas d'accord avec ça.

« Bon, allez, va-t'en ! » Elle ouvrit les yeux et fit un effort pour fixer Génia du regard. « Merci d'être venue », ajouta-t-elle d'une voix mécontente et indistincte.

Génia sortit dans le couloir et fit un signe de la main. Moussia, Katia et l'infirmière entrèrent dans la chambre à la queue leu leu, sur la pointe des pieds. L'infirmière jeta un coup d'œil au moniteur accroché au mur et toucha la main de Zarifa. Cette main reposait mollement, sans réaction. Zarifa avait totalement perdu conscience.

Génia pleurait dans le couloir.

Zarifa mourut cette nuit-là. Moussia resta auprès d'elle jusqu'au dernier moment. Il y avait aussi le médecin, qui regardait le moniteur davantage que la malade qui s'en allait. La ligne qui tressautait de temps en temps sur l'écran devint plate. Zarifa était partie.

Moussia ne pleurait pas. Elle resta auprès de Zarifa jusqu'au matin, à lui dire quelque chose qu'elle n'avait pas eu le temps de lui dire en dix-sept ans de vie commune. Au matin, on la ramena chez elle. À peine venait-elle d'entrer que le téléphone sonna, c'était la sorcière arménienne qui devait opérer l'échange. Elle avait appris la mort de Zarifa par ses canaux d'information surnaturels.

« Écoute-moi, Anaïd, dit Margarita la sorcière, la seule personne à appeler Moussia par son ancien nom.

Ce que tu avais demandé n'a pas été autorisé. Ils ne changent pas les protocoles, là-bas. Appelle-moi dans une semaine, j'ai quelque chose d'important à te dire. Mais pas maintenant. On a prescrit de lui faire un enterrement chrétien.

— Comment ça chrétien, Margot? Elle n'est pas baptisée. Chez eux, c'est l'islam…

— Je ne sais pas. C'est ce qu'on m'a dit. Je ne fais que transmettre. Il faut célébrer un service religieux. »

Quant à ce qu'elle devait faire maintenant, il existait des instructions dans une enveloppe sur laquelle était inscrit de la grosse écriture de Zarifa : « À ouvrir après ma mort. » Moussia l'ouvrit, lut les instructions et entreprit de les mettre à exécution. Elle sortit du placard le cintre sur lequel Zarifa, avant son dernier départ pour l'hôpital, avait suspendu le tailleur destiné à ses funérailles. Il avait été fabriqué à Milan par une couturière à la mode lors de son dernier voyage en Italie. Il était blanc, avec d'épaisses broderies dorées au col et aux poignets et, pour aller avec, il y avait une écharpe dorée ainsi que des chaussures dorées ouvertes par-derrière. Tout était flambant neuf et n'avait jamais été porté, comme il se doit. Dans un sachet accroché à ce même cintre se trouvaient des sous-vêtements en lin blanc.

Ensuite, il était question d'un tapis qui, si son frère l'apportait, devait être posé sur le cercueil pendant la cérémonie d'adieu. Il était spécifié que cette cérémonie devait avoir lieu chez elles, dans la grande salle de leur maison. Et aussi dans quel restaurant il fallait aller après les funérailles. On devait l'incinérer et, lorsqu'on aurait reçu l'urne, disperser les cendres au-dessus de la mer. Il était également question d'un testament dans lequel tout était écrit et réglé en détail, et de l'endroit où il se trouvait.

La seule chose qui préoccupait Moussia, c'étaient les directives de la sorcière à propos du service religieux. Maintenant, elle n'avait plus personne à qui demander. Elle interrogea Zarifa en son for intérieur, mais ne reçut aucune réponse.

« Elle ne veut pas », comprit-elle.

Le lendemain matin, à l'aube, on apporta le cercueil.

Moussia, qui n'avait pas dormi depuis trois nuits, s'assit dans un fauteuil près du cercueil fermé et sombra dans l'inconscience.

La cérémonie d'adieu avait été fixée à dix heures du matin. Génia, rôdant comme une ombre, disposait les fleurs dans la maison.

À huit heures, Achotik, le neveu de Moussia, arriva de Londres. C'était un Oriental fluet doté de grandes capacités en mathématiques et d'une faible force de caractère, Zarifa le portait à bout de bras depuis son plus jeune âge, et il avait fini par devenir un homme d'affaires un peu lent à la détente mais fiable. Moussia le serra dans ses bras.

« Merci d'être venu, Achotik.

— Je ne pouvais pas faire autrement ! Je lui dois tout. »

« Il est très bien, notre garçon ! » se dit Moussia.

Elle n'arrivait pas encore à pleurer.

À neuf heures, Saïd arriva de l'hôtel avec l'énorme rouleau. On défit les coutures de la toile et on déploya par terre un tapis du Karabakh tissé par l'arrière-grand-père ou par le père de l'arrière-grand-père – tous les hommes de la famille étaient autrefois fabricants de tapis à Choucha. Saisissant le tapis assez lourd par les quatre coins, ils le soulevèrent et en recouvrirent le cercueil avec précaution. C'est là que Moussia vit le fameux Dragon dont Zarifa avait parlé au téléphone avec Saïd.

Il n'était pas tout seul, ce Dragon, il affrontait un Phénix dans un corps-à-corps mortel et sans fin. Tout autour, sur un fond bleu et rouge, des ornements luttaient à coups d'angles et de volte-face brutales et, au centre, on devinait un Dragon décharné formant avec l'oiseau sacré un nœud en forme d'anneau. Un Phénix ou un Simorgh. Cet anneau était comme le souvenir à jamais figé d'un combat dans lequel personne ne peut remporter la victoire. Les pointes acérées des griffes et des crocs avaient été immortalisées par la main du fabricant de tapis pour l'éternité – tant que les couleurs n'auraient pas perdu leur éclat, tant que la laine ne serait pas décomposée, tant que le temps n'aurait pas réduit en poussière le souvenir du travail de l'artiste, de cet affrontement entre les forces de la nature et du mythe, de cette hostilité entre de faibles humains qui, bien plus profondément que dans cette image fabriquée par des mains humaines, vit dans l'esprit de deux peuples voisins, dont l'un est un dragon monstrueux et l'autre un oiseau sacré, ou l'inverse, l'un est un dragon sacré et l'autre un oiseau monstrueux... Lequel des deux est le guerrier et lequel est le suppôt de Satan, lequel est le mal et lequel est le bien, c'est impossible à distinguer, car ils sont soudés en un anneau immobile et indissoluble.

Les gens arrivaient. Génia les faisait entrer dans la salle. Des connaissances de Zarifa, des voisins, et même deux clients londoniens.

Quand Moussia vit ce dragon, elle se précipita sur le cercueil, se coucha les bras en croix sur le tapis et s'écria : « Aaaah... »

Ce long cri sonore libéra enfin le torrent retenu jusque-là par une digue inexplicable et qui jaillissait à présent en même temps que des larmes brûlantes. Était-ce un chant ou un sanglot ? Nul ne comprenait les mots arméniens qu'elle gémissait, qu'elle chantonnait... Personne ne me consolera, personne ne me plaindra, ma vie m'a quittée...

Il y avait en elle la même force archaïque que celle qui avait été dessinée et tissée par un vieil Azéri mort depuis longtemps, elles se confondaient en une seule et même force, et tous ceux qui se trouvaient dans la salle fondirent en larmes.

Le soleil brillait à la fenêtre, le bruit du ressac montait de la mer, ce qui se déroulait, c'étaient les adieux de deux âmes qui s'aimaient et, debout près du cercueil, Saïd, venu prendre congé de cette sœur bien-aimée qu'il avait maudite, pleurait lui aussi. Qui était le mari, qui était la femme, quelle importance, après tout...

La dernière lamentation s'éteignit sur une note

sonore et aiguë. Saïd s'approcha de Moussia et la prit par les épaules : « Ne pleure pas, ma petite... »

Le Dragon et le Phénix s'immobilisèrent dans leur anneau éternel.

Une semaine plus tard, on remit l'urne à Moussia, et elle dispersa les cendres au-dessus de la mer. Puis elle remplit une petite valise, celle de Zarifa, une valise pratique, celle avec laquelle son amie voyageait dans les capitales européennes pour ses affaires juridiques, et elle prit l'avion pour Choucha. Elle allait voir Margot la sorcière afin d'apprendre cette chose importante dont elle lui avait parlé. Elle avait tellement l'habitude de se laisser diriger...

## *Alice s'achète une mort*

*À Tania Rakhmanova*

Lorsque sa vie fut réglée à la perfection, ce fut le début de la vieillesse. La dernière touche coûteuse avait été l'installation d'une petite baignoire, après moult réflexions et de longues recherches. Certaines personnes avaient recommandé une cabine de douche, mais Alice avait rejeté catégoriquement la baignoire à porte. Quel plaisir peut-on trouver à recevoir de la pluie sur la tête ? Alors que rester allongée dans l'eau chaude avec un coussin en plastique sous la nuque, en roulant sous ses pieds fripés deux balles en caoutchouc qui vous picotent délicieusement, ça, c'est quand même autre chose !

Alice appartenait à l'espèce peu répandue des gens qui savent très exactement ce qu'ils veulent, et ce qu'ils ne veulent en aucun cas.

Dès son plus jeune âge, le sang mêlé mi-balte, mi-polonais qui lui venait de sa mère avait refroidi en elle tous les élans passionnés, et la peur de tomber sous l'empire de quelqu'un l'emportait sur toutes les autres peurs inhérentes aux femmes, comme la peur de la solitude, de la pauvreté, ou celle de ne pas avoir d'enfant. Sa mère, Marta, après avoir épousé avant la guerre un officier martial et avoir donné naissance à Alice, avait enterré son général et avait passé ce qui lui restait de sa jeunesse à tomber follement amoureuse et à souffrir intensément, au point de se retrouver dans un hôpital psychiatrique. Elle avait toujours été prête à déposer aux pieds de son dernier amant en date tout ce dont elle disposait, y compris l'appartement de général qui lui venait de son mari.

Après sa rupture avec son dernier amoureux, elle s'était suicidée d'une façon indécemment littéraire : après être passée chez le coiffeur et s'être fait faire les ongles, elle s'était jetée sous un train. Le comportement insensé de sa mère avait complètement paralysé chez Alice la capacité à se sacrifier pour rien et de façon improductive.

Un certain nombre d'anciens amants étaient venus à l'enterrement de Marta, dont le dernier, celui qui l'avait abandonnée et lui avait ainsi porté un coup mortel. Ils avaient enseveli le cercueil fermé sous une montagne de fleurs, et Alice, alors âgée de vingt ans et dont le charme pâlot ne s'était pas encore tout à fait épanoui, pleine de mépris pour les excès sentimentaux de sa mère dont elle avait honte, s'était juré que jamais elle ne deviendrait comme elle le jouet de ces animaux. Et elle ne l'était pas devenue. Non une vie monacale pesante, mais de rares aventures insignifiantes qui la mettaient à égalité avec ses congénères du même âge pour ce qui est de l'expérience de la vie.

Elle travaillait comme ingénieur et dessinatrice technique, et s'émerveillait devant la perfection de son propre travail, elle savait que personne, dans le service, n'arrivait à tracer une ligne mieux qu'elle. À la fin du vingtième siècle étaient apparus les ordinateurs, et tous les dessinateurs techniques, même les plus émérites, avaient dû poser leurs crayons et apprendre dans la douleur à se servir du programme qui exécutait avec précision les ordres : « Lever la plume, poser la plume, tirer un trait… », mais c'est justement à ce moment-là qu'Alice, elle, avait tiré sa révérence et pris sa retraite.

La période la plus heureuse de sa vie avait duré plus de dix ans : sa retraite n'était pas très importante, mais elle avait trouvé une merveilleuse façon de la compléter : trois fois par semaine, de dix heures du matin jusqu'au déjeuner, elle se promenait avec des enfants dans un square. Ensuite, elle était délicieusement libre. Elle allait parfois au théâtre, mais plus souvent à des concerts au conservatoire, avait noué là-bas des relations intéressantes et avait connu un bonheur sans nuage jusqu'au jour où, dans son propre appartement, à côté de son propre divan, elle avait perdu connaissance, comme ça, sans raison. Après être restée allongée pendant un temps indéfini, elle était revenue à elle et avait été stupéfiée par l'étrange raccourci qui s'offrait à son regard : elle avait vu tout près de son visage une tasse cassée dans une petite flaque, les pieds d'une chaise renversée, et un tapis de laine rouge et bleu. Elle s'était relevée sans difficulté. Son coude meurtri lui faisait mal. Après avoir réfléchi, elle avait appelé le médecin. On lui avait pris sa tension et on lui avait prescrit des cachets. Et tout avait apparemment repris comme avant. Mais cela avait eu des conséquences. À dater de ce jour, Alice se mit à penser à la mort.

Elle n'avait aucune famille digne de ce nom : la lignée polono-lituanienne avait depuis longtemps disparu dans la nature en raison de son aversion pour le pouvoir soviétique que représentait le général défunt. De son côté, la famille du général n'avait aucune considération ni pour Marta ni pour sa fille, Alice, pour des raisons que tout le monde avait oubliées depuis longtemps.

Alice avait soixante-quatre ans. Si l'on ne tenait pas compte de cet évanouissement, rappel inattendu de la finitude de la vie, sa santé était excellente. Mais une question avait surgi : et si elle tombait malade ? Si elle se retrouvait alitée ? Sur qui pourrait-elle compter ?

Elle en perdit le sommeil. Après avoir passé plusieurs nuits sans dormir, il lui vint une idée de génie. Une idée très simple. Quand les maladies s'abattraient sur elle et qu'elle deviendrait impotente, elle pourrait s'empoisonner. Il fallait préparer un bon poison, le mieux, c'était un somnifère qu'elle prendrait pour ne pas se réveiller. Sans stupide mise en scène ostentatoire, comme celle qu'avait organisée sa mère en son temps. Pas besoin de se prendre pour Anna Karénine. Juste décider de ne plus se réveiller. Et éviter ainsi les désagréments de la mort, en quelque sorte.

Quand cette idée lui vint à l'esprit, elle bondit de son

lit et fouilla dans un tiroir, elle avait quelque part une petite boîte en porcelaine blanche qui lui restait de sa mère, destinée à un produit de maquillage quelconque. Elle pourrait y mettre la poudre, la garder à côté de son lit et la prendre quand le moment serait venu.

Oh, ce n'était pas pour demain. Mais il était temps d'y songer. Et pour ça, la première chose à faire était de trouver un médecin fiable qui lui prescrive cette poudre en quantité requise. Ce n'était pas une tâche simple, mais c'était faisable.

Après son évanouissement, Alice avait vécu comme d'habitude, elle se promenait avec Arsiouchka et Galia. De gentils enfants de l'immeuble voisin, leur mère était bien élevée, ce n'était pas une poissarde, elle était professeur de musique, elle donnait des cours le matin et, le reste de la journée, s'occupait de ses enfants.

Le soir, Alice s'adonnait toujours aux mêmes distractions, mais elle n'oubliait pas le bon médecin. En bavardant de choses et d'autres avec une de ses compagnes de théâtre, elle découvrit que celle-ci avait un cousin médecin. Un Juif, d'ailleurs. Eh bien, justement. Ce n'était peut-être pas un hasard si on les avait traités de saboteurs et d'empoisonneurs… Bref, elle demanda à cette amie de la mettre en relation avec son cousin pour une consultation médicale.

Une semaine plus tard, le cousin, Alexandre Éfimovitch, passa la voir. C'était un homme maigre et triste à l'air interrogateur. Il avait compris qu'on attendait de lui une consultation privée, mais Alice le fit asseoir à table et lui servit du thé. Il fut un peu déconcerté, mais la patiente était bien élevée et physiquement très attirante. Ce genre de femme ne s'était jamais retrouvée dans son champ de vision. De façon générale, aucune femme ne s'était plus retrouvée dans son champ de vision depuis longtemps. Il examinait ses patientes uniquement d'un point de vue médical. Il était veuf depuis trois ans, se morfondait dans la solitude, et ne voulait pas entendre les allusions de sa famille sur la nocivité de cette vie solitaire.

La table était dressée avec raffinement, des tasses en porcelaine fine sur une nappe en lin grise, les chocolats étaient tout petits, des chocolats étrangers, et non les volumineux « Michka dans une pinède ». Alice Fiodorovna elle-même était aussi élégante que les tasses et les chocolats, avec ses lèvres minces qui ne souriaient pas et ses cheveux clairs bien coiffés. Elle lui servit du thé et lui exposa son problème en allant droit au but : j'ai besoin d'un somnifère puissant, et qui plus est, en quantité suffisante pour ne plus se réveiller quand on l'a pris.

Alexandre Éfimovitch réfléchit un peu, but une gorgée de thé, et demanda :

« Vous avez une maladie cancéreuse ?

— Non. Je suis en excellente santé. En fait, ce que je veux, c'est partir en bonne santé. Au moment où je l'aurai décidé. Je n'ai pas de famille pour s'occuper de moi, et je n'ai pas la moindre envie de traîner dans les hôpitaux, de souffrir et de faire sous moi. Il me faut un somnifère que je puisse prendre quand ma décision sera mûre. Je veux juste m'acheter une mort facile. Vous voyez quelque chose de mal là-dedans ? »

Après avoir gardé le silence un moment, le docteur posa une question purement médicale :

« Quel âge avez-vous ?

— Soixante-quatre ans.

— Vous avez l'air en pleine forme. On ne vous donnerait pas plus de cinquante ans.

— Je sais. Mais je ne vous ai pas fait venir pour entendre des compliments. Dites-moi franchement si vous pouvez me prescrire le médicament nécessaire en quantité suffisante. »

Le docteur enleva ses lunettes, les posa devant lui et se frotta les yeux.

« Il faut que j'y réfléchisse. Vous comprenez bien qu'en principe les barbituriques sont prescrits sur ordonnance spéciale. C'est passible des tribunaux.

— Dans ce cas précis, ce serait très bien payé, fit sèchement remarquer Alice.

— Je suis médecin et, pour moi, c'est avant tout une question d'éthique. J'avoue que c'est la première fois de ma vie que je me trouve confronté à une telle proposition. »

Ils finirent leur thé. Ils se quittèrent en étant convenus que le docteur allait y réfléchir et lui téléphonerait pour lui faire part de sa décision.

À présent, c'était Alexandre Éfimovitch qui avait du mal à dormir. Elle ne lui sortait pas de la tête, cette maigre femme pâle qui ressemblait si peu à toutes celles qu'il avait rencontrées dans sa vie. Et moins que tout à son épouse Raïa, une personne joviale, exubérante et même tapageuse, avec ses mèches ondulées qui s'échappaient de son chignon et ses gilets éternellement lustrés sur son opulente poitrine. Et quelle mort pénible elle avait eue, rongée par un sarcome, avec des accès d'une douleur monstrueuse qu'aucune morphine ne pouvait soulager.

Pendant une semaine entière, il fut incapable de prendre une décision. Chaque jour, il avait l'intention de téléphoner à cette surprenante Alice, mais il n'arrivait pas à résoudre le problème moral qu'elle lui posait. Quelle femme droite, honnête, infiniment estimable ! Cela ne lui aurait rien coûté de se plaindre d'insomnie et de me demander un somnifère, je le lui aurais prescrit, elle en aurait gardé dix ou vingt doses, qui aurait pu vérifier ? et elle les aurait avalées afin de s'endormir d'un sommeil éternel.

Ils se rencontrèrent de façon non planifiée au conservatoire, à un concert de Pletnev, à l'entracte, entre un extrait de *La Belle au bois dormant* de Tchaïkovski et une sonate de Chopin. Alice ne le reconnut pas tout de suite, mais lui si, dès la première seconde.

Elle était debout devant le buffet, un verre d'eau à la main, cherchant du regard une chaise libre. Alexandre Éfimovitch la salua de loin. Il se leva, l'invita d'un signe de tête à prendre sa place, et elle s'assit sur la chaise qu'il avait libérée.

Il la raccompagna chez elle après le concert. Pendant qu'ils écoutaient la musique, il y avait eu une averse. Des flaques déployaient leurs branches sur toute la rue, et le Tchaïkovski de bronze était assis sur son fauteuil de bronze au milieu d'un petit lac d'eau de pluie. Le docteur prit Alice Fiodorovna par le bras. Ce bras était léger et ferme, comme celui de sa femme Raïa quand il l'avait raccompagnée pour la première fois après la soirée de fin d'études. Et il s'émerveillait en marchant de cette sensation tactile depuis longtemps oubliée.

« Voilà un homme qui ne veut rien de moi, songea Alice, c'est moi qui attends de lui un service. »

Ils parlèrent du pianiste Pletnev, et il évoqua Ioudina en faisant remarquer que, depuis sa mort, Pletnev était le seul à représenter cette race de musiciens qui s'octroient le droit de lire la musique classique d'une façon nouvelle et personnelle. Alice comprit qu'elle s'entretenait avec un homme qui ressentait profondément la musique, en professionnel, et non comme elle, qui n'était qu'une auditrice superficielle.

Il la conduisit jusque chez elle avec assurance, retrouvant sans peine, tapi dans les profondeurs de la cour plongée dans l'obscurité, le bâtiment à un étage dans lequel il était venu une semaine plus tôt. Il avait un sens de l'orientation remarquable, que ce soit dans les bois ou en ville : il retrouvait toujours facilement un endroit qu'il avait vu une fois. Ils s'arrêtèrent devant l'entrée.

Ils s'étaient déjà dit au revoir, et elle ne lui avait toujours pas posé la question pour laquelle elle l'avait fait venir l'autre jour.

Il y eut un silence embarrassé qu'il rompit en s'adressant à elle avec cette expression interrogatrice qui le caractérisait :

« Alice Fiodorovna, je suis prêt à accéder à votre demande, mais j'aimerais revenir sur cette question plus tard, quand... (il cherchait visiblement à choisir les mots justes) quand le moment sera venu. Et jusque-là, je me chargerai moi-même de prendre soin de votre santé. »

Elle hocha la tête – personne n'avait jamais pris soin d'elle, d'ailleurs elle ne l'aurait pas permis ! Mais c'était agréable à entendre. Elle lui tendit une main ferme et légère, et saisit la poignée de la porte d'entrée. Le vestibule était plongé dans l'obscurité.

« Si vous permettez... »

Il la suivit dans les ténèbres moites de l'immeuble.

Elle chercha la première marche du pied à tâtons dans le noir et faillit trébucher. Il la rattrapa par-derrière.

C'est ainsi que commença leur histoire d'amour – un basculement dans la jeunesse provoqué par un contact fortuit, un premier baiser dans l'obscurité d'une entrée d'immeuble, la brûlure cuisante de l'inattendu, et cette confiance absolue envers un homme qui avait soudain embrasé l'âme d'Alice.

Elle lui avait confié davantage que ce que les femmes confient dans leur jeunesse – non pas sa vie, mais sa mort.

Et débuta l'année la plus heureuse de son existence. Alexandre Éfimovitch ne détruisait pas le moelleux cocon de solitude qu'elle avait tissé autour d'elle et dans lequel elle se sentait en sécurité. Chose étonnante, sa présence accentuait même ce sentiment de sécurité.

Comme s'il avait placé un couvercle dessus. Mais ce qui émerveillait surtout Alice, c'était la faculté qu'il avait de deviner ses goûts fantasques. Sans lui avoir jamais posé une seule question sur ses préférences, il lui apportait des pommes vertes bien dures et de la guimauve rose, des chocolats « L'écrevisse », du lilas mauve et non du blanc, et du fromage de Kostroma. Tout ce qu'elle aimait.

Elle avait toujours été sensible aux odeurs, et tous les hommes avec lesquels elle avait eu des relations sentaient le fer, le tabac ou le fauve, mais celui-là, l'amant de ses vieux jours, avait l'odeur de l'innocent savon pour bébés avec lequel il lavait ses mains de docteur avant et après chaque auscultation. Justement celui qu'elle avait toujours préféré à tous les savons à la fraise et autres parfums artificiels.

Alexandre Éfimovitch, qui avait vécu toute sa vie avec une femme puissante et exigeante aux innombrables besoins, débordant de désirs insatiables divers et variés qui s'excluaient mutuellement, découvrait que l'on pouvait se trouver auprès d'une femme sans être soumis à l'intarissable puissance féminine. Il émanait de cette Alice réservée et timide, même dans les moments d'intimité, une gratitude silencieuse. Parvenu à la fin de la sixième décennie de son existence, il se sentait non plus dans la peau d'un prestataire de services engagé à vie, mais dans celle d'un généreux dispensateur de joies.

Dans les minutes de tendresse, ils s'appelaient par le même diminutif enfantin d'Alik.

Alexandre Éfimovitch, qui avait travaillé de nombreuses années comme neurologue dans la clinique de la Société russe de théâtre et disposait grâce à ses patients d'un vaste cercle de relations, emmenait Alice aux meilleurs concerts de la saison en semaine et, le samedi, il allait chez elle partager un dîner intime. C'était la première fois de son existence qu'Alice ne cuisinait pas uniquement pour elle-même.

Sa vie avait changé, et l'âge avait battu en retraite. Une seule chose l'angoissait : la pensée obsédante, qui se profilait quelque part au loin, que ce bonheur non programmé ne pouvait pas durer longtemps.

Elle savait que, depuis la mort de sa femme, Alexandre vivait avec sa fille cadette, Marina, une célibataire pas tout à fait normale pour qui les choses n'allaient pas très bien. Ania, l'aînée, qui était normale et pour qui tout allait bien, vivait depuis longtemps ailleurs, avec son mari et ses deux enfants en âge d'aller à l'école.

Ils se virent régulièrement pendant tout l'hiver, comme deux adolescents amoureux et, l'été, ils partirent en vacances ensemble, chamboulant les projets de sa fille cadette, qui avait l'habitude de passer les congés d'été avec ses parents. Mais Alexandre Éfimovitch n'avait pas mis Alice au courant de ce conflit fâcheux avec sa fille. Il avait réservé deux séjours à Komarovo, et ils arrivèrent dans la Maison de la création au milieu de l'été, alors que les nuits blanches commençaient à s'assombrir et que la chaleur frisquette de Pétersbourg avait cessé d'être accablante.

Ils avaient pris deux chambres séparées, chacune à un bout du couloir, et les visites mutuelles qu'ils se rendaient le soir les mettaient en joie.

« Toi et moi, nous sommes comme des écoliers qui se voient en cachette de leurs parents ! » disait en riant Alexandre Éfimovitch quand Alice lui ouvrait la porte de sa chambre à la suite d'un léger tapotement rythmique.

Elle se contentait de répondre à cette plaisanterie par un sourire énigmatique : elle avait vécu sa première aventure amoureuse, assez terne, cinq ans après la mort de sa mère, alors que ses camarades de classe avaient déjà eu le temps de se trouver des maris, de faire des enfants, de prendre des amants, de divorcer et de se remarier, aussi n'avait-elle aucune idée de la façon dont les adolescents cachent leurs amours à leurs parents. Sa mère, elle, n'avait jamais songé à cacher les siennes à sa fille, elle les étalait au grand jour, et Alice avait souffert de ces passions tumultueuses.

Tout ce qu'elle n'avait pas connu dans sa jeunesse lui était tombé dessus à un âge avancé, et sa position de maîtresse la gênait un peu, surtout le matin, quand ils descendaient dans la salle à manger où il y avait presque uniquement de vieux couples lassés depuis longtemps des liens conjugaux. Après le petit déjeuner, ils partaient faire de longues promenades et parfois, sautant le déjeuner, ne rentraient que vers le soir. Tous les deux se retrouvaient sur cette terre finlandaise pour la première fois, ils savaient peu de choses de l'histoire et de la géographie des lieux et vagabondaient au hasard, tantôt ils franchissaient des dunes et débouchaient sur une plage de sable jonchée de rares rochers oubliés sur le rivage à la période glaciaire, tantôt ils allaient jusqu'au lac Chtchoutché, où il était bien plus agréable de se baigner que dans le golfe de Finlande couvert d'une bouillie d'algues brunâtres.

Au bord de ce lac, Alexandre Éfimovitch rencontra un acteur qu'il connaissait, l'un de ses vieux patients, un habitué des lieux et un ancien habitant de Leningrad. Il était assis sur la rive en compagnie d'un hameçon somnolent dans le vain espoir de sortir de l'eau, sinon un brochet, du moins une perche. Il se réjouit en voyant le docteur et, ayant appris que c'était la première fois qu'ils se trouvaient dans la région, il entreprit de leur montrer l'ex-Kellomäkki. Il leur fit visiter tout le village, leur indiquant les anciennes villas finlandaises, celles qui n'avaient pas été démontées et transportées en Finlande quand le territoire était devenu russe. Il les emmena voir la maison de Chostakovitch, le « Cabanon » d'Akhmatova, restauré et repeint d'une sémillante couleur verte, la datcha de l'académicien Komarov, que peu de gens connaissent, et celle de l'académicien Pavlov, que tout le monde connaît. Ils passèrent trois jours à se promener avec ce guide bénévole, puis ils s'en séparèrent et flânèrent dans les bois de pins clairsemés en ramassant des myrtilles et des framboises acidulées.

Les vingt-quatre jours de vacances durèrent une éternité et, au cours de ces longues journées et de ces brèves nuits, ils devinrent aussi proches que s'ils avaient derrière eux des années de vie commune.

De retour à Moscou, Alexandre Éfimovitch la demanda en mariage. Elle garda longtemps le silence, puis lui rappela sa requête qu'il n'avait toujours pas exaucée. Il avait eu le temps d'oublier de quoi il s'agissait. Ah, oui, le somnifère…

« Alice ! Mais à quoi bon ? À quoi bon, maintenant ?

— Justement ! dit-elle en souriant.

— Je ne comprends pas…

— Parce que cela va se terminer. Et je veux être prête. »

Il savait déjà que cela ne servait à rien de discuter avec elle.

« C'est de la folie. Mais je suis d'accord. »

Alice sortit du tiroir de la table la petite boîte en porcelaine blanche et la lui remit.

« Tu mettras ça là-dedans. »

C'était une aberration, mais il n'y avait rien à faire.

« Bon, bon, d'accord. Mais on va d'abord se marier. Et ensuite, je la remplirai, ce sera mon cadeau de mariage. »

Il éclata de rire, mais elle ne réagit pas du tout par un sourire.

« Un mariage… ! Tu veux qu'on se moque de nous ? Et que vont dire tes filles ?

— Cela n'a aucune importance », répondit-il.

Et il devint songeur. Cela pouvait effectivement porter un coup à la cadette, qui n'était pas casée et ni très stable psychologiquement.

En automne, peu après le premier anniversaire de leur rencontre, Alexandre Éfimovitch fêta ses soixante-dix ans. Il organisa une modeste collation à son travail et reçut comme cadeau de la part de ses collègues une nouvelle sacoche en cuir qui se distinguait de l'ancienne uniquement par le nombre gravé sur le fermoir en argent – 70 au lieu de 60.

Pour sa famille et ses amis, il avait réservé une table au restaurant *L'Ancre*. Alice ne voulait pas y aller. Il insistait – c'était l'occasion rêvée pour faire la connaissance de ses filles. Il revenait à la charge, elle se dérobait. Il l'avait déjà présentée à ses amis proches, ses camarades de classe Kostia et Aliona, et ses condisciples de l'université, Tobolski, un psychiatre, et Pritsker, une sage-femme. Sa famille, c'était la dernière étape à franchir.

Après quelques hésitations, il avait invité sa cousine, celle qui les avait mis en relation, ainsi que Moussia Tourman, la meilleure amie de sa défunte femme. C'était une initiative risquée, mais stratégiquement irréprochable. Il avait mené ses préparatifs sur un large front.

Alice hésitait. Elle tergiversa jusqu'au dernier moment, tantôt elle acceptait d'aller à la réception, tantôt elle refusait. Elle avait depuis longtemps l'habitude de vivre comme une reine : elle se moquait complètement de plaire ou non à son entourage – les reines n'éprouvent pas le sentiment d'être dépendantes de l'opinion des autres. Mais là, elle se faisait du mauvais sang, et cela la rendait furieuse contre elle-même.

Alexandre Éfimovitch réussit à la convaincre une heure avant de partir : tu représentes trop pour moi, je ne peux plus te cacher davantage. Et puis il faut bien que je les prépare…

Et elle avait cédé.

Tout le monde arriva presque en même temps et, à sept heures dix, les invités étaient à table.

« Voici Alice Fiodorovna ! » déclara fièrement Alexandre Éfimovitch.

Et il lui présenta tous les invités les uns après les autres : sa fille Ania, avec son mari et ses deux enfants, sa cadette Marina, Moussia Tourman. Ses amis, elle les avait déjà rencontrés avant.

Alice était impeccable, et elle le savait. Son corsage en soie couleur tabac était serré par une ceinture en cuir souple, et sa taille fine était la seule taille digne de ce nom parmi les silhouettes en forme de tonneau de toutes les autres dames. Les invités furent un peu sidérés, même ses filles, prévenues que leur père allait inviter son amie. Moussia Tourman en resta sans voix – elle regardait cette créature avec les yeux de la défunte Raïa et se sentait offensée.

« Elle est moche, chuchota-t-elle à Ania, mais celle-ci ne la soutint pas.

— Qu'est-ce que tu racontes, Moussia ! Elle a quelque chose, cette femme. Et puis tu as vu cette silhouette...

— Quoi, cette silhouette ? bougonna Moussia. Elle a mis le grappin sur Alexandre, et on n'a pas encore fini d'en voir, avec elle ! N'oublie pas ce que je te dis ! »

Mais le garçon avait déjà servi le champagne. Kostia, un homme grisonnant, sphérique et joufflu, leva son verre et prit la parole. Il dit qu'Alexandre et lui étaient amis depuis soixante-sept ans sur ses soixante-dix, qu'ils se connaissaient si bien que, parfois, ils n'arrivaient pas à discerner où passait la frontière entre leurs pensées, que cela faisait longtemps qu'ils ne savaient plus qui avait parlé ou pensé le premier, qu'ils étaient davantage que des amis et davantage que des frères, que toute sa vie, lui, Kostia, n'avait pas arrêté de lui courir après, mais qu'il ne le rattrapait jamais. Et encore d'autres choses qui étaient toutes élogieuses et, d'une certaine façon, très gaies. Vers la fin, il déclara qu'il était content de voir auprès de son ami la fée Alice, arrivée tout droit du pays des merveilles. Alice sourit froidement.

Un mois plus tard, ils firent enregistrer leur mariage à l'état civil, prosaïquement et en toute discrétion. Alexandre Éfimovitch honora sa promesse : la petite boîte en porcelaine remplie d'une poudre blanche et granuleuse fut rangée dans un tiroir, derrière une pile de papier à lettres, d'enveloppes et de vieux titres de transport.

Alexandre Éfimovitch s'inséra dans l'appartement d'Alice avec une surprenante délicatesse, sans rien perturber, au contraire, il répara de fond en comble tout ce qui était recollé avec du scotch et rafistolé avec des ficelles. Il consolida la fixation du lustre, changea un des brûleurs de la cuisinière qui ne fonctionnait plus depuis longtemps, et Alice fut confortée dans le vague sentiment que sa profession médicale consistait à soigner tout ce qu'il touchait. Sur le rebord de la fenêtre se mit à fleurir, sans la moindre aide extérieure, une plante qui n'avait jamais fait cela auparavant.

Les époux qui, déjà avant, n'avaient pas à se plaindre de leur santé, avaient sensiblement rajeuni.

« Nos cycles hormonaux se sont réenclenchés ! » disait le mari en riant.

Au printemps, il se produisit encore un événement imprévisible et improbable : Marina, la fille cadette d'Alexandre Éfimovitch, tomba enceinte, à presque quarante ans. Sa malformation congénitale (une fente de la lèvre et du palais) ainsi que les petites cicatrices laissées sur son visage par une opération parfaitement réussie avaient altéré son caractère davantage que son apparence. Depuis son enfance, elle évitait toute relation avec les gens, et avait choisi le métier de correctrice, ce qui la mettait en rapport exclusivement avec des textes et non avec des êtres humains. Le fait qu'elle ait réussi à tomber enceinte frappa son père de stupeur. Il en était néanmoins plutôt content, comprenant qu'il laisserait sa fille non toute seule, mais avec un enfant qui pourrait remplacer pour elle un monde qu'elle estimait hostile.

Alice avait vaguement hoché la tête : elle avait ses idées à elle sur la procréation, mais ne jugea pas nécessaire d'en faire part à son mari. D'autant que ses idées avaient perdu toute actualité depuis longtemps.

Au moment où Alexandre Éfimovitch l'informa de la nouvelle, cette grossesse, qui se dissimulait depuis six mois sous un énorme ventre, était indiscernable, même pour un œil attentif. Marina était toujours la même grosse mémère flasque qu'elle avait été depuis son plus jeune âge.

Quand le terme approcha, le père fit admettre cette primipare plus très jeune dans l'excellente maternité de la rue Chabolovka, où sa condisciple Pritsker était chef de service. Compte tenu de l'âge de la mère et de son poids, on avait décidé de faire une césarienne. L'intervention fut fixée au mardi matin. Alexandre Éfimovitch, qui attendait le coup de fil du chirurgien, fut informé que tout allait bien. La petite fille n'avait aucune malformation, en tout cas, pas de bec-de-lièvre. Il se souvenait de l'horreur qu'il avait éprouvée quand sa femme avait ramené de la maternité une petite fille avec un trou triangulaire allant de la bouche jusqu'au nez. Et il poussa un soupir de soulagement.

« Bon, je vais à la maternité », dit-il à Alice.

Ils préparèrent un colis alimentaire pour l'accouchée – du képhir, du lait, des chocolats et un morceau de fromage. Il eut de la chance, chez le fleuriste voisin, on venait justement de livrer de magnifiques jacinthes, les fleurs préférées d'Alice, et il en acheta toute une brassée pour sa fille et pour les infirmières. La vendeuse enveloppa les fleurs dans du papier cadeau. Il sortit dans la rue, déserte en cette heure creuse de l'après-midi, muni des fleurs et d'un sac en plastique rempli de nourriture. À l'arrêt d'autobus, il y avait une foule clairsemée. Il se mit un peu à l'écart pour que les magnifiques jacinthes ne soient pas abîmées dans la bousculade quand l'autobus arriverait.

À ce moment-là, une voiture noire qui roulait à toute allure au milieu de la chaussée heurta une autre voiture, tout aussi grande et tout aussi noire, et fut projetée sur le trottoir. Elle s'encastra dans un lampadaire après avoir fauché au passage trois personnes qui se trouvaient dans la foule. L'une d'elles, qui tenait un bouquet de fleurs, fut tuée sur le coup.

Le soir, Alice appela Pritsker. Celle-ci lui dit que Marina et son bébé allaient bien, mais qu'Alexandre n'était pas venu. Elle se mit à téléphoner partout. Au bout d'un quart d'heure, on l'informa que son mari se trouvait à la morgue. On avait cherché sa famille toute la journée, mais personne ne répondait au numéro de téléphone de l'adresse où il était domicilié.

Voilà, c'était fini. « Oui, oui, je m'attendais à quelque chose de ce genre... » La petite boîte en porcelaine dans le tiroir...

Le lendemain matin, Alice commença par la maternité : elle apporta à Marina du lait, du képhir et du fromage. Puis elle se rendit à la morgue. L'enterrement fut retardé à cause de l'expertise médico-légale.

On n'apprit à Marina la mort de son père qu'au bout de trois jours. Cela déclencha chez elle une psychose aiguë, et l'autre ami d'Alexandre Éfimovitch, le professeur Tobolski, la fit hospitaliser à l'institut Kachtchenko. Pour l'instant, le bébé, une petite fille, restait à la maternité. Ania, la sœur aînée de Marina, ne pouvait pas la prendre chez elle : son mari s'était insurgé, il ne supportait pas Marina.

Au bout de deux semaines, ce fut sa grand-mère, Alice Fiodorovna, qui vint la chercher. Que son bonheur avec Alexandre Éfimovitch serait bref, ça, elle l'avait pressenti, mais aucune prémonition n'avait parlé d'un nouveau-né.

La petite fille vivait dans un landau, à côté de son lit.

Alice n'avait pas voulu déménager dans l'appartement plus spacieux de son défunt mari. C'était sale, et puis il y avait une baignoire affreuse à l'émail craquelé tandis qu'ici la baignoire était toute neuve, d'une blancheur étincelante.

Marina ne sortit de l'hôpital psychiatrique qu'au bout de six mois. Mais comment pouvait-on confier la petite Alexandra à cette femme amorphe, négligée et psychiquement malade ?

La petite boîte contenant les barbituriques se trouvait dans le tiroir de la table, mais Alice ne pouvait plus recourir au cadeau de mariage de son mari. Enfin, théoriquement, elle pouvait. Un jour… Quand le moment serait venu…

## *L'étrangère*

Une femme aux flancs affaissés et à la poitrine belliqueuse examinait du coin de l'œil le jeune homme assis à l'autre bout du banc, plongé dans un journal. Il avait quelque chose qui lui plaisait. Sans doute le journal. Elle aimait bien les hommes qui lisent le journal. Son premier mari, qui n'avait pas duré longtemps, un ingénieur mort par accident dans son atelier, se rendait au kiosque tous les dimanches avant le petit déjeuner pour acheter le journal, et le second, son mari actuel, lisait lui aussi les journaux chaque matin. Il les rapportait de son travail – il est vrai que c'était toujours ceux de la veille. Et celui-là aussi, sur le banc, lisait un journal.

Son regard en coin achoppa sur les grandes lettres ondulées des titres. « Un journal étranger ! Tant mieux ! C'est encore plus intéressant ! »

Elle se rapprocha de lui et montra le journal du doigt :

« C'est en quelle langue ? »

L'homme au journal sursauta légèrement et se tourna vers elle en pivotant de tout son torse.

« Que me demandez-vous ? »

« J'avais raison, c'est un étranger ! » pensa-t-elle, toute contente.

« Je dis : quelles lettres curieuses, c'est en quelle langue ?

— C'est de l'arabe », répondit poliment le jeune homme.

Et il se dit : « C'est sans doute une prostituée. »

La blonde fardée à la quarantaine bien sonnée se rapprocha encore plus de lui. Le sac à fermeture métallique qu'elle pressait contre son ventre imposant dissipa ses doutes : c'était incontestablement une prostituée...

Il avait vingt-sept ans et vivait à Moscou depuis un an. Et pas n'importe où, à l'université, dans le bâtiment L, le foyer des doctorants. Cela faisait déjà longtemps qu'il avait décidé de se trouver une femme, tous ses voisins amenaient des filles, certains avec des laissez-passer, d'autres en cachette, au nez et à la barbe de la gérante et des surveillantes d'étage. Et cela se passait bien. Mais lui, il n'arrivait toujours pas à se décider.

« Oh, quelles jolies lettres, elles sont même plus belles que les nôtres ! » fit la femme avec un sourire hypocrite.

Mais il n'avait pas compris ce qu'elle avait dit. C'était un mathématicien, il était venu faire son doctorat avec un professeur réputé et parlait anglais avec lui, mais quelles conversations peuvent bien avoir des mathématiciens ? Ils se comprennent sans paroles, à un niveau supérieur de symboles incompréhensibles pour les simples mortels. Oh, bien sûr, il étudiait le russe, mais il n'avait pas beaucoup progressé...

Le travail de sa pensée se lisait sur les rides de son front – il n'arrivait pas à agencer une phrase somme toute assez simple : combien coûtaient ses services ? C'était l'occasion qu'il attendait depuis longtemps, mais il se sentait brusquement intimidé, il était anxieux à l'idée que cela n'allait rien donner. Et il avait encore plus peur que cela débouche soudain sur quelque chose. C'est qu'il n'avait jamais connu de femme. Il n'avait même jamais tenu une petite fille par la main. Dès qu'elles grandissaient, on les emmitouflait dans des robes et des foulards impénétrables, seuls leurs yeux scintillaient dans des tentes, et il était impossible de les examiner. Les seuls contacts féminins dont il se souvenait étaient ceux de sa mère, de sa grand-mère et de ses tantes. Toutes des vieilles femmes. Il n'avait même pas de sœur. Juste deux frères.

On l'avait envoyé chez son oncle à Bagdad pour faire ses études dans une bonne école, mais là-bas, même si c'était une grande ville, les règles étaient les mêmes. Et puis ce qu'il avait choisi, c'étaient les mathématiques. Or de deux choses l'une : c'était soit le mariage, soit les études. Et là-dessus, Saleh n'avait eu aucune hésitation – c'étaient les études.

« Ça alors, de l'arabe ! Moi, ma fille apprend l'anglais. Ça aussi, c'est une langue difficile, fit remarquer la femme tout en examinant le journal du coin de l'œil.

— Votre fille ? demanda-t-il, déconcerté.

— Oui, j'ai une fille, Lilia, elle apprend l'anglais. Elle n'a que des vingt !

— C'est bien », dit le jeune homme, et il se replongea dans son journal.

Quelle drôle de femme ! Si c'est une prostituée, pourquoi me parle-t-elle de sa fille ? Il avait déjà décidé de prendre la fuite quand elle leva le bras et le posa sur le dossier du banc, dégageant une telle bouffée d'intimes effluves féminins qu'il n'eut plus aucun doute : ça allait marcher, tout allait marcher ! Très ému, il se mit à bâtir dans sa tête une phrase qui n'arrivait pas à prendre forme, et se contenta de dire :

« Votre fille… euh… elle est à la maison ? »

La femme éclata de rire.

« Oui, oui, elle est à la maison ! Elle va bientôt avoir dix-huit ans. Elle est jolie, ma fille. Et vous, excusez-moi, mais vous êtes marié ? »

Il secoua la tête. La conversation prenait un tour inattendu. Il se tourna vers la femme. Elle le regarda avec beaucoup d'attention, elle remarqua qu'un de ses yeux louchait légèrement et, de façon générale, ce n'était pas un apollon. Mais il portait un costume de bonne qualité, avec une cravate, et ses chaussures étaient propres. Un homme qui avait de l'allure…

« Comment vous appelez-vous ? demanda-t-elle en donnant résolument le coup d'envoi, et il se réjouit qu'elle prenne le taureau par les cornes.

— Saleh. »

Elle lui tendit la main, une main forte et rugueuse, et secoua énergiquement la sienne, toute molle.

« Je m'appelle Véra Ivanovna. Alors comme ça, vous

n'êtes pas marié ? Et qu'est-ce que vous faites ici, à Moscou ?

— Je fais une thèse.

— Oooh ! fit la femme, toute contente. Vous êtes un scientifique ?

— Un mathématicien », répondit-il, sombrant dans la plus totale perplexité.

L'odeur suave de ses aisselles continuait à flotter autour d'elle comme un fumet autour d'un kebab.

« Tu veux te marier ? »

Et tout s'éclaira, tout devint évident : c'était une marieuse ! Cette femme était une marieuse ! Pas une prostituée !

« Oui ! dit-il en souriant. Je veux me marier. »

Lilia n'était pas comme toutes les autres jeunes filles. Elle n'envisageait aucun mariage, au contraire, ce mariage, elle le méprisait, parce qu'elle le connaissait parfaitement à l'oreille : les grincements du lit le matin, les halètements de son beau-père Kolia et les légers gloussements de sa mère, le tout couronné par le tintement de la cuvette qui se trouvait sous leur lit et un bruit d'eau qui coule. Elle se réveillait à six heures du matin au son de cette musique, puis se rendormait pendant une heure, et, quand elle se levait à sept heures, il n'y avait plus personne : Kolia et sa mère avaient appareillé pour leur travail.

Elle ne fréquentait pas les filles du quartier qui s'étaient précocement lancées dans ces distractions grinçantes, raison pour laquelle elles la traitaient de

« bêcheuse » et de « rêvasseuse ». Et elles avaient raison : elle rêvait à sa vie future, de façon assez vague, mais avec néanmoins des détails précis : elle aurait un bon travail qui rapporte, comptable ou enseignante, un métier avec des diplômes, un studio pour elle toute seule, sans cloisons intérieures, et pas des vêtements de ploucs comme ceux que portaient tous les gens de son quartier, mais un tailleur avec un chemisier, comme les institutrices. Et des chaussures à talons. Blanches. Pourquoi blanches, elle ne savait pas très bien, c'est un peu idiot de patauger dans la boue avec des chaussures blanches, mais ses rêveries ne tenaient pas compte de ce détail. Ce seraient des chaussures blanches !

Dans ses projets à court terme figuraient les examens de fin d'études secondaires et un institut. Elle n'avait pas encore décidé lequel. Il y en avait un de chimie tout près de la maison, mais la chimie ne lui disait rien. Elle aimait bien l'anglais, et elle s'était renseignée pour savoir dans quels établissements on étudiait les langues étrangères. Il y en avait trois en tout : l'institut des langues étrangères, l'institut pédagogique et l'université. Maintenant qu'elle était en terminale, elle hésitait entre faire des études de langues ou s'inscrire quand même dans un institut de comptabilité, il en existait aussi un comme ça. Il lui semblait, par manque d'expérience, que comptable, c'était une profession lucrative. Bref, parmi les buts qu'elle s'était fixés pour le prochain quinquennat, aucun mariage n'était programmé. Son planning était très strict : l'institut, puis, à vingt-trois ans, une fois qu'elle serait diplômée, le mariage, à vingt-quatre ans, faire un enfant, et ainsi de suite. Pour l'instant, elle préparait les examens de fin d'études et était en train de bûcher ses maths.

C'est alors que Véra Ivanovna débarqua. Elle avait un air énigmatique, une expression qu'elle prenait souvent. Quand elle rapportait un paquet de son travail, elle le brandissait sous son nez avec cette expression-là : « Alors, qu'est-ce que j'ai rapporté ? » Bon, là, les choses étaient claires, c'était soit du caviar dans du papier huilé, soit un morceau de beurre tout mou. Vous parlez d'une énigme ! Elle travaillait comme diététicienne à la cantine d'un hôpital et n'arrêtait pas de chiper de la nourriture. Cette fois, elle avait son air habituel, mais pas de paquet.

« Lilia, tu ne devineras jamais ce que je t'ai trouvé ! » déclara-t-elle, les poings sur les hanches.

Lilia tourna à peine la tête. Elle était en train de préparer ses examens, alors les idioties de sa mère, elle n'en avait rien à faire. Mais celle-ci ne la laissa pas tranquille.

« Lilia ! Écoute-moi, Lilia !

— Fiche-moi la paix, maman, j'ai un examen de maths demain !

— Je vais peut-être te faire un de ces cadeaux, Lilia, tu m'en remercieras toute ta vie ! »

Lilia s'anima aussitôt.

« Tu m'as acheté des chaussures blanches ?

— Non, mais quelle idiote ! » fit Véra, vexée.

Ces chaussures blanches faisaient l'objet de discussions depuis plus d'un mois : fallait-il ou non en acheter ?

Véra Ivanovna estimait qu'une soirée de fin d'études n'était pas un événement assez important pour des chaussures blanches. Lilia abîmait ses souliers en les portant, elle les usait toujours sur un côté, et des chaussures à talons, elle allait sûrement les esquinter, elles ne dureraient pas jusqu'à son mariage. Et puis, des chaussures blanches, c'est uniquement pour les grandes occasions, tandis que des noires, c'est une autre affaire – voilà sur quoi portait leur discussion.

« Tu es une idiote, je te dis ! Avec ce que je suis en train de te concocter, tu auras des chaussures blanches, une robe blanche, et tout le reste !

— Tu plaisantes ou quoi ? s'exclama Lilia, sur le qui-vive.

— Ça n'a rien d'une plaisanterie. Je t'ai trouvé un fiancé. Un étranger ! Et voilà ! déclara-t-elle en abattant ses cartes.

— Qu'est-ce que tu racontes, maman ? C'est hors de question, je n'y pense même pas ! Je n'ai pas besoin de ça ! Tu peux faire un trait là-dessus ! Ces chaussures blanches, si tu me les achètes pas juste comme ça, et s'il faut que je me marie pour les avoir, eh bien je n'en ai pas besoin ! répondit résolument Lilia.

— Tu es une gourde ! Une idiote ! fit Véra Ivanovna, furieuse.

— Idiote toi-même ! » rétorqua grossièrement Lilia.

C'était comme ça qu'elles avaient l'habitude de se parler, sans faire de salamalecs, avec une saine simplicité.

« Et elle se croit intelligente ! C'est son papa tout craché ! »

Ce papa, Lilia n'en avait aucun souvenir, elle avait à peine deux ans quand il était mort. D'ailleurs, Véra elle-même n'avait qu'un vague souvenir de ce mari-là. Même si elle répétait souvent à sa fille : « C'est son papa tout craché ! » Elle disait ça à différentes occasions, tantôt comme un compliment parce qu'elle travaillait bien à l'école ou jouait aux échecs, tantôt avec agacement, quand elle n'avait pas lavé par terre ou ne s'était pas acquittée d'une autre tâche qu'on lui avait confiée.

Avant la guerre, Véra avait beaucoup de soupirants, mais quand la guerre avait éclaté, tous les garçons qui valaient quelque chose avaient été envoyés sur le front, et comme elle avait eu peur qu'il ne reste plus d'hommes du tout, elle avait épousé celui qu'elle avait sous la main. Un ingénieur qui travaillait dans une usine, un binoclard chauve du nom de Schiltz, de dix ans plus vieux qu'elle. Mais ce qu'il avait de bien, c'est qu'il avait une pièce à lui dans un appartement communautaire. Cela compensait sa calvitie et son aspect pas très viril. Elle avait vécu trois ans mariée avec lui, elle n'avait pas trouvé mieux. Et ils avaient eu une fille. Mais il avait été tué par une explosion dans son usine. C'était dans cette pièce qui lui venait de Schiltz qu'elle habitait encore aujourd'hui avec sa fille Lilia et son second mari, Kolia. Tout ce que Lilia savait de son père, c'est qu'elle portait son nom pimenté qui lui valait le surnom de « Chili ».

« Un scientifique, un mathématicien ! C'est pas n'importe quoi ! Et un étranger ! Jamais je ne te donnerais de mauvais conseils ! fit Véra Ivanovna, vexée. Un comme ça, tu peux toujours essayer d'en trouver toute seule ! »

Lilia se mit à réfléchir. Les chaussures blanches aussi pesaient dans la balance. Sa mère ne parlait jamais pour ne rien dire.

La première rencontre des fiancés fut fixée à un dimanche, devant l'entrée de ce même jardin de l'Ermitage. Une semaine s'était écoulée depuis la soirée de fin d'études, ça, Lilia l'avait fermement spécifié à sa mère – après les examens ! Elle se rendit à ce premier rendez-vous en clopinant dans les chaussures blanches à hauts talons que sa mère lui avait achetées d'avance. Tout le monde croyait que c'était pour la soirée de fin d'études, mais Lilia, elle, savait que c'était pour le mariage. Véra Ivanovna était un peu nerveuse, bien qu'elle eût téléphoné deux fois à Saleh – ils s'étaient mis d'accord sur tout et il avait réaffirmé ses intentions. Il y avait bien sûr un risque que le poisson ne morde pas à l'hameçon, mais le fiancé arriva pile à six heures du soir, à l'endroit même où ils s'étaient rencontrés.

Les jours précédents, Saleh avait été distrait de son travail par des pensées, il avait mal dormi pendant deux nuits et était presque décidé à ne pas se rendre à cette étrange présentation. Mais à son réveil, il avait découvert que la décision avait été prise pour ainsi dire contre sa volonté, et il avait entrepris de se préparer. Il avait passé un long moment à se laver, à se raser et à choisir une cravate. Il comprenait qu'il contrevenait à toutes les lois et règles de la vie, mais il ne pouvait rien y faire : ce mariage imminent le remplissait d'émoi. Sa raison lui objectait qu'il s'emballait un peu trop vite, que la fiancée pouvait ne pas convenir du tout, et puis il était clair que ce mariage avec une Russe suspecte, décidé tout seul et à l'encontre de toutes les traditions, allait provoquer une levée de boucliers dans sa famille. Ce n'était pas tant son père qui le préoccupait que sa belle-mère, une gardienne de toutes les règles de la vie. Le mot qu'elle avait tout le temps à la bouche était *oussoul*, « les traditions ».

Dans sa famille, on avait toujours considéré que Saleh était quelqu'un de spécial. Allah ne l'avait pas créé pour le commerce, mais pour quelque chose d'intellectuel. Dès sa deuxième année scolaire, l'instituteur du village avait dit à son père qu'il devait suivre une voie différente de celle des autres garçons, et son père l'avait envoyé à Bagdad, chez son frère cadet, un marchand de tissus. Il avait suivi là-bas les cours d'une école anglaise, puis avait préparé une thèse à l'université de Bagdad.

Il pouvait enfin se permettre de vivre comme un Européen ! se disait-il pour se convaincre. Et il partit faire la connaissance de sa fiancée… Presque comme un Européen.

Il était grand, avec l'épaule droite plus haute que la gauche, et gardait toujours la tête légèrement inclinée sur le côté d'un air attentif. Ce qui plut le plus à Lilia chez lui, ce fut ses lunettes, on n'en fabriquait pas des comme ça chez nous : une épaisse monture marron, et on aurait dit que les verres étaient fixés un peu en biais. Elle-même portait des lunettes pour corriger sa myopie, mais la monture était épouvantable. Il avait un costume clair, une chemise blanche et une cravate jaune. Et ses chaussures aussi avaient quelque chose de particulier, elles étaient d'un marron rougeâtre, décorées de petits trous, avec sur le dessus une sorte de parenthèse en cuir. On voyait tout de suite que c'était un étranger, surtout à cause des lunettes et des chaussures. Lilia n'avait jamais vu d'homme comme lui, elle ne pouvait pas dire qu'il lui plaisait en soi, mais il éveillait en elle une curiosité pleine de respect.

Elle, en revanche, déjà de loin, elle lui avait plu : il distinguait vaguement, à côté de la blonde maquillée qu'il connaissait déjà, une petite jeune fille aux jambes fines avec une grosse poitrine. Elle n'était pas tout à fait blonde, mais pas brune non plus. En s'approchant, il remarqua qu'elle portait des lunettes, et il éprouva un brusque accès de tendresse et de connivence. Les jeunes filles irakiennes ne portaient pas de lunettes, seules les vieilles, une fois qu'elles avaient rempli leur mission de femmes, pouvaient se permettre de reconnaître qu'elles avaient une mauvaise vue. Ce sont justement ces lunettes qui lui parurent être le signe d'une incontestable authenticité. En Russie, les femmes étaient belles, mais elles éveillaient la suspicion : il s'imaginait que chaque jolie fille recelait quelque chose de dangereusement corrompu, ou même pire. Celle-là n'était pas une beauté, mais elle avait l'air très convenable.

La jeune fille lui tendit la main la première, mais sans sourire, et cela aussi lui plut : c'était quelqu'un de sérieux. Elle dit qu'elle s'appelait Lilia. Un joli nom !

Une demi-heure plus tard, ils étaient assis dans un café. Il commanda des cafés et des gâteaux pour tous les trois. La mère de la fiancée mangea un gâteau, puis un deuxième. Lilia refusa.

« Cela étonne tout le monde, mais je n'aime pas les sucreries. »

Au bout de dix minutes, Véra Ivanovna regarda sa montre, déclara qu'elle avait à faire et s'en alla. On l'avait laissé seul avec la fiancée, et cela le stupéfia. Quel peuple étonnant ! Comme ça, dès la première rencontre, on laissait une jeune fille seule avec un homme… Non, ce n'était pas un hasard s'ils avaient gagné la guerre ! Ce peuple n'avait pas froid aux yeux !

« *Do you speak english ?* » demanda le fiancé, posant la question juste comme ça, pour dire quelque chose.

Lilia sourit.

« *I am the best in my class !* »

Et Saleh comprit que son sort était fixé.

La première chose que lui demanda la fiancée une fois qu'ils furent seuls, c'est s'il était vraiment mathématicien. Elle posa la question en anglais. Il répondit que oui, il était mathématicien. L'université de Moscou était très forte en mathématiques, c'est la raison pour laquelle il était venu ici.

« Moi, je déteste les maths ! avoua-t-elle, mais le fiancé ne comprit pas tout de suite. Je n'aime pas ça, précisat-elle. J'ai des vingt dans toutes les matières, mais en maths, tout juste la moyenne.

— Cela n'a pas importance. Quand nous serons mariés, tu ne feras pas de mathématiques.

— Bien sûr que non ! dit la jeune fille en riant. Il ne manquerait plus que ça ! »

Puis ils sortirent du café, Lilia était pressée de rentrer chez elle. Il voulait prendre un taxi, mais elle l'arrêta en expliquant :

« Pourquoi dépenser inutilement de l'argent ? J'habite à trois arrêts de trolley, il me dépose devant chez moi. Et ça coûte quatre kopecks ! »

Cette déclaration d'ordre économique dissipa ses derniers doutes matrimoniaux. C'est ainsi que s'emboîtèrent les éléments inéluctables de son destin : une poitrine, des lunettes, l'anglais, l'authenticité, le sens de l'économie. Et Saleh proposa à Lilia de déposer les papiers pour enregistrer la noce.

Lilia éclata de rire. On n'enregistre pas une noce, mais un mariage ! La noce, cela vient après !

« Bien sûr, après », acquiesça le fiancé.

Une fille correcte, très correcte. Et il la prit par le bras. Elle ne protesta pas. La manche de sa robe rose était courte, son bras était nu et lisse comme du papier. Et d'une blancheur… C'était la première fois de sa vie que Saleh touchait une femme.

Lilia ne sut pas tenir sa langue. Elle ne put s'en empêcher. Elle commença par dire à Génia qu'elle avait un fiancé étranger. Puis elle dit à Lucia qu'elle avait un fiancé mathématicien. Ensuite, ce n'était plus la peine d'en parler à personne, tout le monde savait qu'elle allait se marier. Véra Ivanovna apprit elle aussi la nouvelle dans la rue. Alors qu'elle rentrait chez elle après son travail, Génia se précipita sur elle :

« Quand est-ce que Lilia se marie ? C'est vrai qu'elle va épouser un étranger ? »

Ensuite, tout se déroula à une vitesse invraisemblable. Véra Ivanovna avait mis au point toute une stratégie : elle n'avait pas invité le fiancé chez elles – leur pièce était très convenable, dix-huit mètres carrés, mais c'était quand même un appartement communautaire. Et puis elles vivaient assez chichement, cela faisait deux ans qu'elle n'arrivait pas à économiser suffisamment pour acheter un buffet et, sans buffet, cela faisait un peu misérable. Même s'il y avait un beau tapis accroché au mur. Mais comment savoir, avec ces étrangers, peut-être qu'ils étaient tous habitués à vivre dans des appartements individuels.

Les fiancés allèrent deux fois au cinéma, ils faisaient des promenades dans le parc de l'Ermitage et dans le jardin Neskoutchni. Puis ils déposèrent les papiers pour le mariage dans le seul bureau d'état civil où l'on enregistrait les mariages des jeunes filles russes qui avaient la chance d'épouser un étranger. Le délai d'attente était plus long que dans les services d'état civil ordinaires, trois mois.

La vie promettait à Lilia de grands bouleversements, mais elle ne changea rien à son programme général : elle s'inscrivit dans un institut pédagogique, passa les examens avec succès et fut admise. Quand elle l'annonça à sa mère, celle-ci se contenta de hausser les épaules – tu fais ce que tu veux, c'est toi qui décides, c'est à ton mari que tu dois rendre des comptes...

« Je ne te comprends pas, maman, soit je fais ce que je veux, soit je dois rendre des comptes, c'est ça ? Toi, tu peux rendre des comptes à ton Kolia, mais moi, je n'ai pas l'intention d'en rendre à Saleh... »

Et elle n'informa pas son futur mari qu'elle était devenue étudiante.

Après un mois d'août aussi morne qu'une vieillesse prématurée débuta la lune de miel d'un été indien, qui laissait trompeusement présager une pause bienheureuse dans la succession routinière des saisons. Ces dernières journées précieuses d'une nature apaisée et délivrée de l'obligation de porter des fruits étaient idéales pour des festivités nuptiales recelant la promesse de nouveaux germes et de nouveaux fruits... L'été, les habitants du quartier fêtaient généralement les mariages dans l'une des cours d'une ruelle verdoyante injustement nommée « impasse de l'Église », car elle avait cessé d'être une impasse depuis longtemps. À l'emplacement de deux bâtiments en bois tombés en poussière, on avait ouvert une route menant à l'institut Bourdenko. C'est un peu à l'écart de cette route, sur une surface en terre battue séparée du monde par un mur de briques rouges d'un côté et protégée par trois vieux tilleuls de l'autre, que l'on célébrait d'habitude les funérailles et les mariages. Deux baraquements délimitaient également ce plateau scénique sur les côtés. En temps normal, les habitants des deux baraquements n'étaient pas en très bons termes, mais pour les fêtes et les enterrements, ils se réunissaient tous autour de plusieurs tables clouées bout à bout dans un but commun : exposer un cercueil ou fêter un mariage.

Une fois toutes les formalités préliminaires accomplies, Véra Ivanovna s'était aussitôt mise à réfléchir à la façon de tout organiser intelligemment, pour que ce ne soit pas plus mal que chez les gens bien. Et pas mieux. Mais dès le début, Lilia avait déclaré non, maman, je n'ai pas besoin d'une noce de ploucs, on ira au restaurant ! Véra Ivanovna faillit en exploser d'indignation : tu te rends compte de l'argent que ça va coûter pour nourrir et abreuver cette ribambelle de gens dans un restaurant ?

« Écoute bien ce que je vais te dire, maman : notre mariage sera célébré dans un restaurant, quant aux invités, c'est Saleh et moi qui allons les choisir : Kolia et toi, et tante Raïssa, cette vieille pie ! Elle ne sait pas se tenir, mais je lui remonterai les bretelles à l'avance. Ou bien tu lui parleras toi-même, c'est quand même ta sœur. Et il faudra qu'elle vienne seule, sans ce type, là, sans son amant. Et peut-être encore nos deux témoins, pour moi, Lucia, et pour Saleh, son ami de l'ambassade. Et c'est tout ! »

Véra Ivanova se répandit en hurlements. Elle commença même par se précipiter sur la corde à linge avec laquelle elle faisait entendre raison à sa fille quand elle était petite. Mais Lilia fit preuve d'une grande fermeté et même d'une certaine sagesse.

« Pose-moi cette corde ! Tu voulais me marier, eh bien, considère que c'est fait. Maintenant, c'est moi qui décide. Et il n'y aura aucune noce paysanne. Mon mari est un étranger, je ne vais pas me couvrir de honte devant lui. Il se dirait qu'il épouse une plouc. Je veux que ce soit distingué.

— Et ta marraine ? Et ma belle-sœur ? Et Roza Pétrovna Iarovaïa ? Et Guénia Ziougochine ? Ceux des baraquements sont une quarantaine, mais la famille ? Que vont dire les gens ? Cela ne se fait pas, Lilia, ce sont des choses qui ne se font pas !

— Je n'en veux pas, de ce qui se fait ! Les gens boivent comme des trous, ils se bagarrent, s'injurient. Je n'ai pas besoin de ça.

— Et voilà, c'est son père tout craché ! »

En voyant la résolution inébranlable inscrite sur le visage de sa fille, Véra Ivanovna fondit en larmes.

« Comment tu pourras regarder les gens en face, après ça ?

— Eh bien, je ne les regarderai pas ! Je ne les regarderai pas du tout ! Après le mariage, on partira, ce sera un voyage de noces, en quelque sorte…

— Exactement comme son père ! Elle ne peut rien faire comme tout le monde ! » protesta Véra Ivanovna, mais il était clair qu'elle avait perdu la bataille.

Et tout se passa exactement comme ça. Le mariage civil eut lieu un matin de la troisième semaine de septembre. Lilia mit ses chaussures blanches, elle n'avait pas eu le temps de les user pendant l'été, elle ne les avait portées que trois fois depuis la soirée de fin d'études. On lui avait fait sur mesure une robe blanche en tergal – Véra Ivanovna s'en était procuré sur une base secrète de Podolsk dont l'accès était interdit aux simples mortels, ils travaillaient pour le gouvernement, là-bas.

Il restait une photo de ce mariage : Lilia revêtue d'une robe blanche qui réduit un peu son abondante poitrine, la couturière en avait bavé avec cette robe, elle avait fait six pinces, et le haut était aussi rigide qu'une cuirasse forgée dans du fer. La jupe, elle, était très ample, deux lés de vingt mètres, c'était encore la mode des jupes larges du festival de la Jeunesse. Mais cette jupe ne figure pas sur la photo, c'est un portrait de couple en buste, on voit juste que c'est une robe à col montant et à manches longues. Le mari, lui, porte un costume gris et une cravate blanche.

Saleh avait commandé une douzaine de ces photos, et l'une d'elles fut longtemps conservée par Véra Ivanovna, tantôt elle l'accrochait au mur, tantôt elle l'enlevait, en fonction des phases de la lune ou plutôt, en fonction des phases de ses relations avec sa fille et des zigzags politiques.

Le gouvernement irakien était encore pire que le nôtre – chez eux, on n'y comprenait rien du tout, tantôt c'était l'Orient, tantôt c'était l'Occident, tantôt c'étaient des amis, tantôt c'étaient des ennemis, et on ne pouvait rien tirer de Saleh – à part les mathématiques, il ne voulait rien savoir. Kolia, le beau-père de Lilia, s'intéressait à la politique, il voulait comprendre qui était de notre côté... Ce n'était pas clair du tout.

Saleh envoya des photos de son mariage aux membres de sa nombreuse famille en Irak par la valise diplomatique, ce qui déclencha un véritable tumulte : il avait épousé on ne sait qui, et pas selon les règles. Fatma Khanoum, sa belle-mère, qui l'avait reçu encore tout bébé des mains de sa mère mourante, et qui l'aimait presque davantage que les deux fils qu'elle avait eus elle-même avec le père de Saleh devenu veuf, examinait cette photo officielle avec un mélange d'indignation et d'admiration. Cette jeune effrontée aux cheveux courts lui plaisait beaucoup, de même que ce Saleh qui avait toujours tout fait dans sa vie sans observer les coutumes. Elle avait fini par ranger la photo dans un coffret en l'enveloppant dans un bout de tissu en soie.

Parmi la multitude de gens qui constituaient l'entourage de Saleh à Moscou, seules deux personnes étaient dignes de son attention : Hassan, un jeune employé de l'ambassade d'Irak avec une future carrière qui planait au-dessus de sa tête, et un mathématicien russe d'âge mûr, Jacob Hazine, son directeur de thèse. Le premier lui conseilla de louer un appartement privé pour y vivre avec sa femme, le second lui dit qu'il n'avait jamais été marié et ne se risquerait pas à essayer.

Saleh s'empressa de suivre la première recommandation, il loua un studio sur la perspective Lénine, assez loin de l'université, mais à une distance que l'on pouvait faire à pied. Sa femme y emménagea dès qu'il eut reçu les clés. Ainsi fut résolu le premier de leurs problèmes : les époux avaient refusé d'un commun accord de vivre dans la pièce héritée de Schiltz, même derrière un hypothétique rideau faisant office de cloison, ce qui avait blessé le sens de l'hospitalité de la belle-mère.

« Eh bien, bon vent ! » avait-elle sifflé, et elle n'avait donné aucune dot à sa fille.

Saleh avait d'abord été étonné, puis il s'était indigné, et il avait fini par se calmer. Les règles ne sont pas les mêmes partout. Finalement, lui non plus n'avait donné aucun *mahr*, autrement dit, il n'avait rien versé pour l'achat de sa femme, et il n'avait pas apporté les trois présents d'usage, il s'était juste procuré deux alliances en or, mais il faut dire que les parents de la mariée n'avaient pas non plus organisé de repas de noces, c'était lui qui avait réglé la note du restaurant, et ses beaux-parents n'avaient même pas sourcillé.

Le temps que les fiancés aillent faire enregistrer leur mariage, Saleh avait eu l'occasion d'apprécier de plus en plus sa future femme, surtout pour sa réserve : il n'était pas question de l'embrasser, et sa poitrine, enserrée dans un soutien-gorge dont les bonnets faisaient penser à des bonnets d'enfant (ce que Saleh ignorait car il n'en avait jamais vu), pointait en avant de façon aguichante, exerçant sur sa virilité une attirance qui l'incitait à hâter le moment où… Mais elle était intouchable et inaccessible. Ce fut du reste le problème qui occupa les trois premiers mois de leur mariage. La virginité opiniâtre de Lilia, qui se refusait à céder, le détournait de sa thèse, car toutes les forces de son intelligence hors pair patinaient, la tension qui le caractérisait d'habitude s'étant déplacée sur un terrain peu propice à la création intellectuelle.

Tout de suite après le mariage, Lilia révéla à son mari le secret qu'elle lui avait caché jusque-là : elle était désormais étudiante et dès le 1er septembre, elle allait suivre des cours dans un institut où elle apprendrait à devenir enseignante. Saleh fut surpris : son épouse était décidément une femme tout à fait moderne, elle voulait faire des études supérieures, et il accueillit cette nouvelle avec respect. Son problème principal, durant les premiers mois de leur mariage, n'était pas les études de sa femme, mais sa défloration.

À la fin du troisième mois, après bien des exhortations, des larmes et des mesures radicales, au terme d'une lutte qui n'avait rien d'une plaisanterie mais qui, il faut rendre justice à la galanterie du mari, n'alla pas jusqu'au viol, Saleh finit par parvenir à l'endroit voulu. La félicité consista dans la réalisation de l'acte en lui-même : les deux seins bien en chair reposaient dans ses paumes, dont ils débordaient un peu, et son engin épuisé avait transpercé l'obstacle si longtemps indestructible. Tous les deux pleuraient, Lilia d'humiliation et de douleur, Saleh, à cause de la délicatesse de son système nerveux.

Ainsi qu'on s'en rendit compte très vite, le fruit sacré du mariage se mit aussitôt à germer. Lilia ne s'en réjouit absolument pas : cela lui plaisait d'avoir un mari étranger, mais l'enfant, selon ses anciens plans, elle devait le faire toute seule, après avoir terminé l'institut.

Les mois suivants s'écoulèrent sous le signe d'une déconfiture partagée. Déconfiture qui passa du reste inaperçue des deux parties : Lilia, qui ignorait tout des jeux érotiques (dans les cours du quartier de son enfance sévissait l'idée selon laquelle la vie sexuelle était quelque chose d'inconvenant et d'intéressant à la fois, quant au terme étranger de « sexologie », il n'était pas encore en usage), réduisit le rite conjugal à un devoir hebdomadaire. De plus, une fois qu'il se fut avéré qu'elle était enceinte, elle se servit régulièrement de cette circonstance pour « escamoter » les exercices conjugaux en invoquant cet obstacle voulu par la nature. Quant à son mari, il éprouvait une certaine déception : d'après les descriptions littéraires, il s'était représenté les joies du mariage comme bien plus palpitantes que ne l'était la modeste réalité. D'un autre côté, il était conscient depuis l'enfance de sa supériorité intellectuelle sur ses frères et sur les garçons de son âge : son cerveau fonctionnait incommensurablement mieux, et il considérait les plaisirs délicieux que les jeunes gens étaient censés tirer de leurs rapports avec des femmes potelées dans la réalité, et avec des houris vierges après leur mort, comme l'un des nombreux préjugés des gens peu instruits.

Dans tous les autres domaines, Lilia était une excellente épouse : elle avait appris à repasser les chemises blanches de façon irréprochable et à cuire le riz correctement, elle tenait propre l'appartement qu'ils louaient et nettoyait soigneusement le tapis que Saleh avait acheté dès qu'ils avaient emménagé. Elle trouvait le temps de tout faire et, le matin, allait suivre ses cours à l'institut. Cela aussi plaisait beaucoup à Saleh.

Leur compréhension mutuelle progressait : l'anglais de Lilia se consolidait et s'enrichissait, ce qui était dû à ses cours à l'institut. Pour Saleh, c'était une agréable surprise – lui, il avait du mal avec le russe. Lilia, en revanche, parlait anglais avec volubilité, et ce que sa langue pouvait avoir d'emprunté fut vite corrigé grâce à sa relation avec son mari.

Véra Ivanovna, qui passait les voir de temps en temps, n'arrivait pas à comprendre si elle avait réussi son coup en harponnant ce mari, ou si elle l'avait loupé. Il avait l'air d'être relativement aisé, mais était assez près de ses sous. Kolia avait voulu lui soutirer de l'argent (dans son garage du ministère, il y avait un type qui vendait une voiture, pas très vieille et tout à fait potable, il suffisait de trifouiller le moteur et elle roulerait encore un peu). Mais son gendre l'avait prévenu tout de suite : non, je suis toujours étudiant, mes parents continuent à m'aider. On en reparlera quand je gagnerai mon argent moi-même. Il s'était peut-être exprimé plus gentiment, mais Lilia avait musclé sa traduction, car elle connaissait la tendance qu'avaient sa mère et son cher Kolia à tirer profit de tout. Sur ce point, les jeunes mariés se comprenaient parfaitement.

Entre-temps, Lilia avait enlaidi, sa beauté assez relative s'était couverte de taches, son ventre avait prématurément poussé vers l'avant – à cause de l'étroitesse de son bassin, ainsi que le lui avait expliqué le médecin de la consultation de gynécologie du passage Degtiarny dont dépendait son domicile. La doctoresse, une vieille Juive à la délicate moustache du nom de Berman, était plus qu'une simple connaissance, toutes les femmes enceintes du quartier allaient déjà chez elle avant la guerre, Véra Ivanovna elle-même avait accouché de Lilia sous sa surveillance. Eh bien, cette Berman ronchonnait chaque fois que Lilia venait la voir et, au septième mois, elle déclara qu'elle n'échapperait pas à la césarienne. Enfin, on pourrait l'éviter, mais il valait mieux ne pas courir de risque, chez une primipare avec une constitution pareille, il y avait de grandes chances pour qu'elle n'y arrive pas toute seule.

Lilia n'avait rien dit de tout cela à son mari, elle le laissait toucher son ventre, sa poitrine, ou encore autre chose, mais rien de plus. Le terme approchait, avec la promesse de la délivrance. Elle réussit les examens de première année en dépit de sa grossesse. Mais elle avait décidé de se mettre en congé maternité pendant la prochaine année scolaire, le temps que le bébé grandisse un peu, et de reprendre ses études au bout d'un an.

Elle fut hospitalisée dans la maternité Kroupskaïa quelques jours avant la date prévue afin d'anticiper les problèmes possibles. Saleh vint sous sa fenêtre seulement une fois (on ne laissait pas les visiteurs entrer dans les chambres), il lui cria d'en bas quelque chose d'incompréhensible, mais il avait apporté un colis : des pommes, du képhir et une lettre. Dans laquelle il était écrit que son père venait de mourir à Souleimaniye et qu'il devait se rendre à l'enterrement de toute urgence.

Le soir même, un an très exactement après le mariage, au milieu du mois de septembre, Lilia donna naissance à une fille. Sans la moindre césarienne, stimulée par l'indignation de voir son mari la quitter à la veille d'un tel événement. La fillette ressemblait à son père au point que c'en était comique – sans les lunettes et les moustaches.

Et là-dessus, le mari disparut. Ce fut Véra Ivanovna qui vint la chercher à la maternité avec Kolia. Celui-ci la conduisit d'abord chez elle, dans la voiture de service du ministère. Ils découvrirent dans le studio les traces d'un départ précipité, des vêtements éparpillés et, sur la table, parmi des assiettes et des tasses sales, se trouvait un écrin que Véra Ivanovna fut la première à remarquer de son œil de lynx. Il contenait une bague. Un diamant. Pas très grand, mais étincelant. Véra Ivanovna mit prestement la main dessus et le fourra dans son soutien-gorge en disant : « Ça sera plus en sûreté avec moi… »

Lilia ne disait rien. Le bébé gardait lui aussi un silence plein de tact. Il, ou plutôt elle, était habitué depuis sa naissance à l'abondance : le lait coulait des tétons maternels à flux continu sans que son appareil buccal ait à fournir le moindre effort. À la maternité, tous les nouveau-nés dont les mères n'avaient pas assez de lait profitaient des largesses de Lilia.

Véra Ivanovna embrassa du regard la pièce abandonnée précipitamment et ordonna à Lilia de venir s'installer à la maison pour l'instant, elle reviendrait dans le studio quand Saleh serait de retour de l'enterrement. Lilia, prise de court, accepta sans rien dire.

Ils retournèrent à la maison, dans la pièce de Schiltz. On déplaça un peu les meubles. À l'époque, le buffet avait déjà été acheté, et il occupait à présent l'emplacement où on aurait pu mettre le berceau. Si bien que la petite Arabe fut déposée dans une corbeille, et on lui donna le nom peu approprié de Victoria. Et elles se mirent à attendre.

Les premiers jours, personne ne disait rien. Kolia, parce qu'il était habitué à se taire, Lilia, parce qu'elle n'avait rien à dire, quant à Véra Ivanovna, elle avait bien quelque chose à dire, mais elle réprimait de toutes ses forces la fureur qui bouillonnait en elle contre ce Saleh qui, bien qu'étranger, était finalement un traître, comme tous les hommes... Et contre cette gourde de Lilia qui n'avait pas réussi à garder son mari. Comme s'ils n'auraient pas pu enterrer son père sans lui !

Mais en réalité, c'était contre elle-même qu'elle était furieuse. Au bout d'une semaine, elle s'avoua qu'elle avait été la dernière des idiotes. Ses yeux s'étaient ouverts : elle s'était fait avoir ! Elle l'avait pris pour un étranger convenable, mais c'était un Arabe... Il ne reviendrait pas. Il s'était servi d'elles, un point c'est tout.

Et cela semblait bien être le cas. Les jours se succédaient, un mois s'écoula, et le mari ne revenait toujours pas.

Pauvre Lilia ! Elle qui croyait avoir accompli une ascension matrimoniale depuis les baraquements de son quartier vers de hautes sphères ! À présent, son retour à la maison, et en plus avec un enfant, représentait pour elle un épouvantable fiasco.

Le loyer du studio était réglé jusqu'à la fin du mois. En partant à l'enterrement, son mari ne s'était soucié ni d'elle ni de leur enfant, et Lilia fut saisie d'un affreux pressentiment : il ne reviendrait jamais. Chaque semaine qui s'écoulait faisait fondre l'espoir de son retour. Surtout qu'il n'y avait aucune lettre…

On était déjà mi-octobre. Maintenant, Lilia se sentait mortifiée, trompée, et ce qui lui faisait particulièrement mal au cœur, c'est que, comme une idiote, elle avait fait un enfant qui lui liait désormais les mains. Elle regardait le bébé avec consternation en se demandant pourquoi elle lui avait donné naissance. La petite fille, elle, se comportait comme un ange, visiblement, elle comprenait que sa mère avait autre chose en tête. Elle n'élevait pas la voix, tétait avec ardeur, dormait sans réveils superflus, et souriait d'un sourire vague et précoce.

À la fin du mois, le propriétaire du studio téléphona pour lui demander d'emporter toutes leurs affaires, et Lilia se rendit à son ancien appartement avec sa mère et Kolia afin de chercher les vêtements, les livres et les papiers de Saleh. Au début, les deux cartons furent entreposés sous le lit de sa mère, puis on les transporta dans une remise au fond de la cour.

Elle attendait des informations de la part de son mari, mais elles ne venaient toujours pas. L'idée qu'elle ne le reverrait jamais se renforçait de jour en jour. Désormais, il fallait qu'elle s'occupe toute seule d'elle-même.

La première chose qu'elle fit fut de s'inscrire aux

cours du soir pour raisons familiales. Elle n'avait pas l'intention d'abandonner l'institut. Elle passait la journée avec sa fille, puis elle tirait son lait et partait en laissant les biberons et le bébé aux bons soins de sa mère. Au début, celle-ci ne disait rien, puis un jour, après avoir bu un verre, elle se mit à crier après Lilia en disant qu'elle était une gourde, une cruche, qu'elle n'avait même pas son adresse, or il fallait réclamer une pension alimentaire, il n'avait qu'à les entretenir ! Et elle lui enjoignit d'aller voir le professeur de Saleh à l'université afin d'obtenir les coordonnées de son mari « en détail ». Et le lendemain matin, elle fourra les affaires de Saleh dans deux sacs, tout en se demandant avec étonnement pourquoi il avait besoin d'autant de chemises – onze ! Et trois costumes ! et elle se rendit chez un brocanteur du passage Blagovechtchenski, où on lui prit tous les vêtements de Saleh pour un bon prix.

Lilia ayant refusé d'aller à l'université, Véra Ivanovna se rendit elle-même sur les monts Lénine. Avec le culot qui la caractérisait, elle franchit les barrages de tous les gardiens, trouva la faculté de mathématiques et se présenta dans les bureaux du personnel. Là, elle n'apprit rien du tout, on ne lui donna aucune adresse, et on ne la laissa pas non plus voir le professeur, dont elle ne connaissait d'ailleurs pas le nom. Nullement calmée, elle fit, en cachette de Lilia, une autre tentative pour retrouver la trace de ce gendre qui s'était enfui, comme elle en était à présent convaincue. Elle trouva par les renseignements l'adresse de l'ambassade d'Irak. On refusa longtemps de la laisser entrer, mais elle finit par parvenir à ses fins. On ne se montra guère poli avec elle, ils avaient d'autres chats à fouetter : chez eux, en Irak, il venait de se produire quelque chose comme une révolution ou une guerre. Saleh était bien le dernier de leurs soucis ! Et là, Véra Ivanovna comprit définitivement que sa stratégie avait conduit à un échec total.

Une fois qu'elle eut reconnu sa défaite, elle décida de redresser la situation. Abandonnant le projet séduisant, mais peu concluant, d'un mariage avec un étranger, elle redescendit sur terre et regarda autour d'elle. Il était plus difficile de la caser maintenant, avec un enfant. Il lui vint alors l'idée qu'on pourrait mettre cette petite Arabe dans un foyer de l'Enfance, où on les prenait pour cinq ans, et ensuite, soit on les rendait à leurs parents, soit on les envoyait dans un orphelinat. Elle fit part de son idée à Lilia. Celle-ci haussa les épaules et dit : « Tu es complètement cinglée, maman… »

Les pensées de la femme pratique qu'était Véra Ivanovna s'engagèrent alors dans une autre direction : son mari Kolia avait un neveu qui venait de terminer son service militaire et s'apprêtait à entrer à l'école de la milice, mais pour l'instant, il n'arrivait pas à passer l'examen. On pourrait peut-être les marier ? Véra Ivanovna réfléchissait…

Lilia aussi réfléchissait. La petite Victoria grandissait, et toujours pas la moindre nouvelle de Saleh. Et elle comprit qu'il n'y en aurait pas. Elle prit la décision de ne plus jamais se marier. Elle rejetait toutes les initiatives de sa mère qui se décarcassait pour la caser. Elle poursuivait ses études à l'institut, elle apprenait l'anglais, et

Véra avait pris cette langue en grippe. Elle aurait mieux fait de trouver un travail de caissière au jardin de l'Ermitage, ou bien un emploi de cuisinière, ne serait-ce que dans une cantine, cela aurait été plus utile !

Lilia avait une vie difficile : sa fille allait à la crèche cinq jours par semaine et était malade une semaine sur deux, elle ne pouvait donc pas trouver de travail qui convienne. Qui voudrait de quelqu'un qui est en arrêt maladie la moitié du temps ? L'infatigable Véra Ivanovna amenait toutes les semaines à la maison un garçon quelconque, mais cela ne faisait qu'agacer Lilia qui se mettait en rogne. Une année s'écoula, puis une autre…

Et un jour, Lilia fit un rêve étrange. Elle approchait d'une rivière chaussée d'escarpins blancs, elle les enlevait, les posait bien alignés l'un à côté de l'autre, et entrait dans la rivière. L'eau était caressante et tiède, et elle se mettait à nager. En réalité, elle ne savait pas nager. Mais là, elle faisait ça facilement, c'était un vrai plaisir, elle avait l'impression non de nager, mais de flotter dans une eau bleue et transparente. Soudain l'eau devenait plus sombre et se mettait à bouillonner, le rivage disparaissait de sa vue, mais elle continuait à nager, elle remuait les bras avec de plus en plus de force, elle bondissait au-dessus des vagues comme un dauphin et, au lieu d'avoir peur, elle était très heureuse. C'était cette pensée qui était la plus forte : je nage, et je n'ai pas peur ! Là-dessus, elle s'était réveillée.

Saleh fit le même rêve, avec de légères variations, un an plus tard. Il arrivait au bord d'un bassin, d'une rivière tranquille ou d'un lac. Sur le rivage se trouvaient, bien alignées l'une contre l'autre, les chaussures de Lilia. Elle, il ne la voyait pas. Il se déchaussa, lui aussi, posa à côté des escarpins blancs un peu éculés ses vieilles chaussures du modèle « Inspecteur », celui qu'il choisissait toujours s'il avait le choix. Il enleva soigneusement ses chaussettes, les roula en boule, se déshabilla sans se presser et plia son pantalon selon la couture pour qu'il ne se froisse pas. Il entra lentement dans l'eau jusqu'aux épaules et se mit à nager, facilement et sans hésiter. Alors qu'en fait il ne savait pas nager. Mais là, c'était facile et agréable. Puis l'eau devenait trouble, elle s'assombrissait, les vagues se levaient, d'abord pas très grandes, puis elles devenaient puissantes, et il luttait de toutes ses forces contre elles car elles menaçaient de le renverser et de le noyer. Mais il parvenait à gagner l'autre rive. C'était l'autre rive, il n'y avait aucun doute là-dessus. Celle dont il était parti était caillouteuse, quand il s'était approché de l'eau pieds nus, il avait glissé sur des pierres. Tandis que celle-ci était sablonneuse et moelleuse. L'étonnant, c'est qu'il y avait sur ce rivage ses chaussures à lui et à côté, celles de Lilia.

Il n'était jamais arrivé à l'enterrement de son père. On l'avait arrêté à l'aéroport de Bagdad et emmené quelque part. Il n'avait pas compris tout de suite où. Quand il l'avait compris, il avait dit intérieurement adieu à la vie. C'était la prison d'Abou Ghraib, dont peu de gens ressortent vivants. Il ne savait pas encore que, justement à ce moment-là, venait de débuter l'assaut des armées gouvernementales contre les Kurdes insurgés. Le pauvre Saleh, qui avait toujours pensé qu'il était au-dessus de tous les différends politiques quels qu'ils soient du fait de sa profession hautement intellectuelle de mathématicien, s'était retrouvé au cœur du cyclone national. Sa famille était l'une des plus respectées et des plus illustres de Souleimaniye.

Saleh n'était arabe qu'aux yeux de sa famille moscovite. Il était kurde. Mais il ne voyait pas l'intérêt d'expliquer en Russie ces distinctions de principe purement nationales, d'autant que lui-même ne leur accordait aucune importance. Arabe, kurde, musulman ou chrétien, pour lui, cela ne voulait rien dire. Il était mathématicien, et son monde se divisait, non selon des critères nationaux ou religieux, mais exclusivement d'après un seul paramètre : si son interlocuteur était mathématicien ou non.

Sa situation, dans l'une des prisons les plus féroces du monde, était exceptionnelle. Il était enfermé dans une cellule individuelle. On lui avait pris uniquement ses papiers d'identité, et on lui avait laissé tout le reste. Comparée aux autres cellules, la sienne était tout simplement un hôtel cinq étoiles. Il avait bien essayé de demander pourquoi on l'avait arrêté, mais le gardien qui lui apportait une fois par jour une gamelle de riz et un gobelet en fer-blanc rempli d'eau ne lui adressait pas la parole.

Quelqu'un d'autre, à sa place, serait devenu fou, mais Saleh avait sorti son carnet de notes et s'était mis à noter ses hypothèses mathématiques ainsi que ses réflexions sur les relations entre des volumes et des espaces qui n'existent pas dans la nature, uniquement dans la tête des mathématiciens.

Les dix-huit mois qu'il passa en isolement restèrent dans sa mémoire comme la période de travail intellectuel la plus fructueuse de sa vie, et pendant le reste de son existence, il ne cessa de revenir sur l'immense liberté de pensée qu'il avait découverte dans la prison d'Abou Ghraib.

On ne lui avait fait part d'aucun chef d'accusation, il ne fut convoqué à aucun interrogatoire, on ne le soumit pas aux tortures qui faisaient la gloire de cette prison, mais il finit par deviner pourquoi on le gardait si longtemps sans le tuer : son oncle était l'un des leaders de la résistance kurde. Son hypothèse était parfaitement juste. Pendant des mois, sa vie fit l'objet d'un marchandage entre Saddam Hussein et sa famille. Il ne sut jamais quels étaient les arguments avancés par les deux parties. En fait, il était un otage, ce dont personne ne l'avait informé.

Quelques jours après qu'il eut fait ce rêve, on le sortit de sa cellule, on le fit monter dans une voiture, on le conduisit à l'aéroport et on le mit dans un petit avion sans marques d'identification. On ne lui remit pas son passeport. Au début, il était persuadé qu'on l'envoyait à Moscou. Mais il se trompait. Ils firent semble-t-il une escale à Prague ou dans une autre ville d'Europe de l'Est. Puis l'avion s'envola de nouveau et se posa définitivement à l'aéroport de Luton, à quarante kilomètres de Londres.

Saleh ne sut jamais que son sort en suspens avait été déterminé par une phrase prononcée par hasard par un parent éloigné de Saddam Hussein, qui lui avait dit que Saleh était le seul mathématicien irakien qui pouvait faire un jour la fierté de l'Irak.

La famille fut réunie un an plus tard. Lilia reçut un visa britannique qu'avait réussi à obtenir Saleh, habituellement plutôt lent et peu débrouillard. Il accueillit sa famille à l'aéroport de Heathrow. En voyant sa fille, qu'il avait laissée à Moscou encore dans le ventre de sa mère, le père éprouva un profond choc émotionnel. Ces minuscules mains potelées, ces frisettes, ces petites fossettes sur le cou – et elle lui ressemblait tellement ! Pour la première fois de son existence, il ressentit une bouffée brûlante d'amour et de tendresse comme jamais il n'en avait éprouvé, et la petite Victoria, que l'éducation de sa mère avait habituée à une retenue très stricte, lui répondit par un amour inconditionnel – un amour qui allait durer toute la vie.

À l'époque, Saleh avait déjà soutenu son doctorat, il travaillait au Nansen College. Il louait un petit appartement non loin de son lieu de travail. Les relations entre Lilia et lui étaient meilleures qu'autrefois : il lui vouait une gratitude infinie pour la merveille de son existence – sa fille Victoria.

Pour le reste, tout était comme avant. Sauf que Saleh ne donnait plus ses chemises à la blanchisserie, c'était Lilia qui les lavait et les repassait, et elle réussissait idéalement la cuisson du riz. Au bout d'une semaine, elle se sentait aussi bien à Londres que si elle y était née. Seulement maintenant, elle n'allait plus à l'institut, elle suivait des cours de comptabilité.

Au bout de neuf mois, elle « soutint » un certificat, et fut très vite engagée comme assistante au service de la comptabilité du collège dans lequel Saleh enseignait.

La famille loua bientôt un appartement plus grand. Il n'y avait pas de baraquements ici et, à présent, elle avait sa chambre à elle, sans aucune cloison, et elle portait enfin un tailleur, un chemisier et des chaussures à talons, ainsi qu'elle l'avait programmé dans sa jeunesse. Et elle possédait autant de chaussures qu'elle en voulait, des blanches, des noires, des marron vaguement rougeâtres. Et elle s'exprimait autrement maintenant, au lieu de « Qu'est-ce que j'en ai à faire ! », elle disait « *My God, why should I care ?* »

Jamais elle ne sut que durant toute la dernière année à Moscou, chaque matin, en partant travailler, Véra Ivanovna subtilisait les lettres que Saleh lui envoyait de Londres et les cachait sous son matelas. Remettre à sa fille des lettres qu'elle ne pouvait lire elle-même lui était insupportable. Et la professeur d'anglais qu'elle était allée trouver avec la première enveloppe en provenance de Londres lui avait déclaré qu'elle ne lisait pas des courriers qui ne lui étaient pas destinés.

Pendant ce temps, la guerre en Irak se prolongeait, et en Russie aussi, il se produisait des événements désagréables, avec la Hongrie ou avec la Tchécoslovaquie. Lilia ne revint plus jamais à Moscou. « *Why should I care ?* » Elle était devenue une étrangère.

## *Bénis soient ceux qui...*

*À Tania Gorina*

Lydia et Nina, deux sœurs d'un certain âge, étaient arrivées dans cette maison vide d'un obscur village italien par des vols différents en provenance d'endroits différents, l'une avait transité par Milan, l'autre venait de Gênes. Elles avaient été invitées par une Italienne du nom d'Antonella, une disciple de leur défunte mère Alexandra Vikentievna. Antonella vivait à Gênes, où elle enseignait à l'université, dans le département de slavistique, et avait hérité cette maison de campagne d'une tante sans enfants. Ces dix dernières années, Alexandra Vikentievna, une linguiste connue qui étudiait des textes anciens, avait passé beaucoup de temps dans cette maison inhabitée. Antonella avait instamment demandé aux sœurs de venir trier les affaires laissées par leur mère. Elle-même ne se décidait pas à le faire en raison de sa fervente vénération pour la mémoire de son mentor.

Antonella les avait conduites en voiture jusqu'à cette maison sur une colline, elle avait ouvert le cadenas de la grille, puis la porte de la demeure, et était partie en disant qu'elle reviendrait vers sept heures pour les emmener dîner, mais que, pour l'instant, elle devait se rendre à l'université de toute urgence. Elle parlait très bien russe, ses phrases avaient juste une intonation insolite, mais charmante.

Les sœurs étaient restées seules. La dernière fois qu'elles s'étaient vues, c'était dans une situation similaire, après l'enterrement de leur mère six mois plus tôt, quand elles étaient entrées dans son appartement de Moscou bourré de papiers et de livres.

À présent, elles étaient assises sans rien dire sur la terrasse. Cela ne se voyait pas de l'extérieur, mais la maison se trouvait sur la crête d'une montagne, et il était impossible de deviner que de l'autre côté, depuis la terrasse, on découvrait un paysage aussi immense, qui se déployait à perte de vue. C'était une gorge profonde au fond de laquelle serpentait une piste caillouteuse évoquant un cours d'eau pour l'instant à sec. Ce cours d'eau venait du mont Beigua, sur les contreforts des Apennins que l'on voyait sur la droite et, plus bas, vers la gauche, s'étalait la mer de Ligurie constellée de voiles blanches et striée de traces argentées et bouillonnantes de canots à moteur, séparée du ciel d'un bleu impersonnel par la ligne bleu foncé d'un horizon tranchant. Dans l'espace clos entre la mer et les montagnes passaient deux routes, l'une qui longeait la mer, tout en bas, et l'autre un peu plus haut, perchée sur d'énormes piliers, qui s'enfonçait dans un tunnel. Des camionnettes, des camions et des voitures glissaient dessus lentement et sans bruit.

Les sœurs ignoraient que ces deux routes longeaient une ancienne voie romaine qui s'était transformée en chemin de pèlerinage allant du sud de la France jusqu'à Rome. La *via Aurelia.*

Elles restaient assises là, à regarder de tous leurs yeux, abasourdies par l'immensité et la beauté du paysage et plongées dans un silence pesant. Elles n'avaient pas l'habitude d'exprimer par des mots des choses plus compliquées que celles que nécessitaient les besoins quotidiens.

« C'est beau », finit par dire l'aînée.

La cadette acquiesça d'un signe de tête.

« Oui. »

Pendant des années, les deux sœurs ne s'étaient vues que le 1er septembre, à l'anniversaire de leur mère. Ce jour-là, dans son appartement exigu encombré de livres poussiéreux, de piles de papiers gribouillés et de cafards, s'entassaient un grand nombre de personnes– des collègues, d'anciens élèves, des étudiants. C'était agaçant. Pourquoi ces gens lui étaient-ils aussi attachés ? C'était une intellectuelle au cœur sec, elle n'aimait rien à part les pattes de mouche de ses langues orientales et les vieux bouquins dans lesquels elle avait passé toute sa vie, n'accordant presque aucune attention à ses deux filles. Les fillettes avaient grandi, l'une sous la garde de sa grand-mère, l'autre avec des nounous qui changeaient si souvent qu'elle n'avait pas le temps de s'y attacher.

D'ailleurs est-ce qu'on pouvait parler d'une famille ? Rien que des décombres. Depuis la mort de grand-mère Varvara, il n'y avait plus personne pour cimenter cette famille exclusivement féminine avec des pirojki faits maison, des vacances d'été à la datcha, et cette sollicitude attentionnée qui soigne les rhumes et les angines par des tisanes et du miel de sarrasin.

Même les banales conversations entre femmes sur les menus tracas de l'existence ou les recettes de gâteaux laissaient Alexandra Vikentievna totalement indifférente. Il est vrai que les thèmes masculins, comme les voitures et le gouvernement, n'intéressaient guère plus cette érudite.

Après avoir mis au monde deux filles et payé son tribut à la nature, elle avait pour ainsi dire complètement abandonné le champ de bataille féminin. C'était une savante. Elle aimait répéter la vieille plaisanterie : une femme savante, c'est comme un cochon d'Inde, cela ne vient pas vraiment d'Inde et ce n'est pas vraiment un cochon. C'était un être de savoir : elle écrivait des articles et des livres, elle donnait des conférences à des colloques et dans des universités, elle était une gloire reconnue dans le monde scientifique, à l'intérieur d'une partie de l'humanité aussi toquée de petites lettres biscornues qu'elle l'était elle-même. Elle était aussi membre d'on ne sait trop quelles académies étrangères.

Les hommes normaux pourvus des attributs qui incombent à leur sexe n'avaient jamais pu s'implanter dans cette famille. Les mariages des femmes de l'ancienne génération, grand-mère Varvara et Alexandra Vikentievna elle-même, avaient été de courte durée : leurs maris étaient morts à la guerre. Alexandra Vikentievna avait vécu à peine plus d'un an avec le sien, l'avis de décès était arrivé à la fin de l'année 1941. Elle n'avait alors guère plus de vingt ans, et sa fille Lydia venait de naître.

Beaucoup plus tard, elle avait vécu une liaison dévastatrice. Cette liaison n'avait pas duré longtemps, elle s'était déroulée et terminée de façon tumultueuse et, en souvenir de cette histoire d'amour pas vraiment heureuse, sa fille Nina était venue au monde. Par inadvertance. L'arrivée d'une petite sœur avait été un grand traumatisme pour l'aînée, Lydia, qui avait presque dix-huit ans à l'époque, et les amours de sa vieille mère de trente-huit ans avec un de ses anciens étudiants qui, du point de vue de l'âge, aurait mieux convenu à sa fille, avaient été quelque chose d'insupportable et d'insultant. Jamais elle n'avait réussi à oublier ni à digérer cet épisode de la biographie de sa mère.

Elle avait accueilli la naissance de cet enfant hors mariage comme une honte personnelle. Jamais non plus elle n'avait réussi à aimer cette sœur cadette, d'autant qu'elle-même s'était mariée très tôt et précipitamment, et était partie vivre chez son époux.

Quant à Nina, sa sœur ne l'avait pas vraiment marquée dans son enfance. Et leur grand-mère non plus n'avait pas laissé de traces dans sa mémoire, elle était morte quand Nina n'avait pas encore un an. Elle avait toujours été élevée par des bonnes qui s'étaient succédé avec une certaine régularité. C'est justement à l'une de ces premières bonnes qu'était liée l'émotion la plus forte de son enfance. Sa mère était partie assister à une conférence à Leningrad en laissant sa fille de trois ans pendant quelques jours avec une nouvelle nounou. Cette nouvelle nounou, une femme à l'air froid et distingué et au nom lourd à porter d'Anna Arkadievna (comme l'héroïne de Tolstoï), ne ressemblait pas du tout aux jeunes campagnardes précédentes, venues en ville pour échapper à la vie au kolkhoze. Il s'avéra que c'était une alcoolique qui essayait de toutes ses forces de lutter contre son mal. Et l'héroïque résistance de cette Anna Arkadievna s'était effondrée dès le premier soir face au buffet rempli à craquer de restes de boissons alcoolisées apportées par des invités. Personne ne savait ce qui s'était passé pendant les trois jours suivants. Mais quand elle était rentrée tôt le matin du quatrième jour, Alexandra Vikentievna avait trouvé cette nounou distinguée ivre morte, gisant par terre dans une mare de liquide desséché, et, assise dans son lit, couverte d'excréments, une Nina épuisée et violette à force de hurler.

Ces trois jours restèrent gravés en elle pour de longues années, sinon pour toute la vie : elle ne faisait confiance à personne, elle était soupçonneuse et très solitaire.

Pendant que sa sœur cadette vivait ces trois journées de cauchemar, l'aînée, qui avait déjà donné naissance à sa propre fille, vivait, elle, une rupture pénible avec un mari qui était passé du stade des charmantes soirées bien arrosées entre amis à celui des affligeantes beuveries à la russe.

Alexandra Vikentievna tâchait toujours de ne pas se laisser distraire de son travail par des détails matériels : des amis lui avaient envoyé une autre femme de ménage, elle avait décidé de mettre la petite Nina au jardin d'enfants, et Lydia s'était vu attribuer par sa mère une allocation mensuelle destinée à soutenir sa vie chancelante.

En fait, les sœurs se connaissaient peu, chacune estimait que c'était à l'autre qu'était échu le grand bonheur d'être l'objet de l'attention et de l'amour de leur mère. Leur antipathie mutuelle n'avait fait que croître avec les années, et aux anniversaires de leur mère, elles s'asseyaient chacune d'un côté de la table, loin du centre, autrement dit d'Alexandra Vikentievna, laquelle était entourée d'un rempart d'admirateurs et de disciples.

Elles avaient toujours été fondamentalement différentes, cette corpulente Lydia à la large carrure et cette petite Nina aux jambes fines et à la frimousse de moineau. La seule chose qu'elles avaient en commun, c'était leur solitude. En plus, celle de l'aînée était encore aggravée par la perte de sa fille unique, sa petite Emma adorée, qui était morte à l'âge de quatorze ans d'une leucémie foudroyante, laissant sa mère à jamais plongée dans une incompréhension pleine de rancœur.

La mort de leur mère de quatre-vingt-dix ans n'avait rien changé à la relation entre les sœurs. Mais pour la première fois de leur vie, elles avaient pris une décision en commun : celle de se débrouiller sans l'ingérence des sempiternels admirateurs de leur mère, qui s'étaient empressés de réclamer avec avidité qu'on leur remette tous ses papiers.

Au bout de six mois, elles étaient entrées en possession de l'héritage : son appartement, ses affaires, et un livret de caisse d'épargne sur lequel il y avait une somme dont l'importance les avait surprises. Et là, leurs intentions avaient divergé : Lydia aurait voulu vendre la surface habitable qui leur restait de leur mère, tandis que Nina estimait qu'il valait mieux la louer et partager l'argent tous les mois. Elles avaient passé six mois engluées dans des pourparlers téléphoniques et, en plus, elles n'arrivaient pas à décider quoi faire de tous ces vieux papiers dont l'appartement était bourré à craquer. Dans ce désarroi absolu, elles s'étaient senti pour la première fois quelque chose en commun.

La proposition d'Antonella de venir en Italie les avait distraites des pénibles tracas liés à l'appartement. Mais maintenant, après avoir jeté un œil dans la maison italienne, elles avaient immédiatement compris qu'elles se heurtaient au même problème que celui qu'elles n'arrivaient pas à résoudre à Moscou : c'étaient les mêmes monceaux de papiers, la même poussière. Il n'y avait quasiment aucun bien matériel : de vieilles pantoufles, un peignoir, deux robes d'été en soie. C'était une manie de leur mère, ça, elle ne portait que de la soie, tous les autres tissus lui irritaient la peau.

Elles étaient assises devant une grande table recouverte d'un monceau de livres en italien. Sur un petit sous-verre en osier se trouvait une tasse avec un dépôt de café à jamais figé et, à côté, une fleur vitrifiée dans un vase opaque de couleur verte, une lampe ancienne impropre à tout usage normal, et une coupelle remplie de cailloux, de coquillages, de pignons provenant de plantes inconnues, de quelques verroteries vénitiennes et d'une pièce de deux cents lires qui n'avait plus cours depuis longtemps.

Cela faisait peur de toucher à tout cela.

Leur mère était sortie de cette maison pour la dernière fois à la fin du mois d'août 2009. Elle avait pris l'avion pour Rome, avait fait là-bas, dans le collège d'un institut biblique, un exposé qui avait stupéfié tous les auditeurs, dans lequel elle analysait les dernières paroles du Christ, « *Elie, Elie, lama sabachtani…* », lesquelles, elle en était convaincue, avaient été prononcées non en araméen, comme on le pensait, mais en un dialecte galiléen que tous ne comprenaient pas et qu'on n'avait toujours pas compris jusqu'à présent. Puis elle avait fait le même exposé dans une société biblique à Moscou, après quoi elle avait fêté son dernier anniversaire, le quatre-vingt-dixième. Deux jours plus tard, comme ça, sans raison, elle était tombée dans son appartement de Moscou et s'était cassé le col du fémur. Elle avait été transportée à l'hôpital Botkine, où une de ses amies travaillait comme médecin, mais on avait refusé de l'opérer et, après l'avoir gardée une semaine, on l'avait renvoyée chez elle en tant que grabataire.

Les sœurs, qui étaient prêtes à s'occuper de leur mère, avaient alors découvert que ses admirateurs et ses disciples lui avaient déjà trouvé une garde-malade à demeure. Elle avait aussi une femme de ménage, contre laquelle elle vitupérait férocement dès que celle-ci approchait un chiffon humide de son bureau, et chaque jour, en plus de la garde-malade, on ne sait trop quelles collaboratrices venaient passer du temps avec elle et même travailler, pourrait-on dire en exagérant un peu : on organisait parfois des séminaires chez elle. Si bien que Lydia et Nina s'étaient retirées, un peu blessées. Elles l'appelaient tous les deux jours pour lui demander si elle avait besoin de quelque chose, mais leur mère refusait poliment leur aide : tout allait bien. Comme toujours. Toutes les places auprès d'elle étaient occupées, elles n'avaient rien à faire ici.

Au bout de neuf mois, alors que l'existence d'Alexandra Vikentievna s'était organisée de façon idéale, elle avait eu une attaque, on l'avait transportée dans ce même hôpital Botkine, où elle était morte au bout de quelques heures sans avoir repris connaissance.

Le mois de mai était en retard, il ressemblait plutôt à un mois d'avril. Les quelques arbres qui poussaient humblement devant l'entrée de la morgue commençaient à peine à se couvrir de petites feuilles. Dans une grande salle, une énorme foule de gens venus faire leurs adieux à Alexandra Vikentievna étaient massés devant une porte fermée. Il y avait même des étrangers, des messieurs et des dames d'un certain âge aux allures de diplomates, l'un d'eux était manifestement un pasteur. Ils étaient tous regroupés autour d'un homme trapu et laid avec des lunettes, celui qui avait pris la direction de la chaire après le départ à la retraite d'Alexandra Vikentievna. Les sœurs, serrées l'une contre l'autre, se sentaient complètement exclues.

Puis l'organisatrice des funérailles avait ouvert la porte de la pièce voisine. Le cercueil ouvert était posé sur une table, et un vieux prêtre coiffé d'un chapeau en velours s'affairait à côté, il revêtait une étole et des manchettes. Ses deux assistants habillés en noir l'aidaient à se débrouiller avec un harnais doré.

Les sœurs avaient échangé un coup d'œil : elle était croyante ? Leur mère était croyante ?

Les gens s'étaient attroupés devant le cercueil, tout le monde n'était pas arrivé à entrer dans la longue pièce. L'organisatrice vint chercher les sœurs et les plaça à la tête du cercueil. Leur mère ne ressemblait pas du tout à ce qu'elle avait été. Son visage, qui était devenu bouffi les dernières années, s'était allongé, son nez s'était affiné et était devenu busqué, ce qui n'avait jamais été le cas jusque-là, et ses lèvres s'étiraient en ce qui ressemblait à un sourire narquois. Sa tête était étroitement enserrée dans une écharpe en soie noire si grande qu'elle lui couvrait tout le corps, et on ne voyait aucun vêtement, juste ses mains noueuses croisées sur le tissu noir.

Il y avait eu un service religieux, puis une cérémonie d'adieu, puis un autobus avait emporté le cercueil et l'organisatrice quelque part, et tout le monde s'était rendu dans un café non loin de la morgue de l'hôpital, où on avait mangé quelque chose de frugal et parlé de la défunte en termes exaltés. Et c'est tout.

Les sœurs étaient parties. Sur le chemin vers la station de métro Dynamo, elles s'étaient assises dans un petit square plongé dans l'obscurité et, pour la première fois de leur vie, elles avaient parlé de ce qu'elles avaient toujours gardé pour elles.

« Elle ne m'a jamais aimée…

— Moi non plus.

— Elle a été une mère épouvantable.

— Ce n'était pas une mère du tout.

— Elle n'aimait personne, à part ses lettres, ses petites pattes de mouche.

— Moi, j'ai fait des études de comptabilité… Au moins, on travaille avec des chiffres… Je les détestais, ses petites lettres !

— Moi aussi, j'ai suivi des cours de programmation. J'ai toujours détesté sa culture !

— Non, moi, je ne peux pas dire ça… Pendant des années, je lui en ai voulu de ne pas nous avoir fait faire des études convenables. Mais on était le cadet de ses soucis. Quand je l'ai compris, il était trop tard.

— Oui. Elle a fichu nos vies en l'air.

— Je ne sais pas… »

Et elles s'étaient quittées sur ces mots.

Lydia approcha la coupelle avec les coquillages et les cailloux et se mit à les examiner.

« Bizarre qu'elle ait collectionné ça…

— Oui, ça ne lui ressemble pas… »

La seconde pièce était une petite chambre à coucher. Le lit avait été fait négligemment, comme si la maîtresse de maison avait l'intention de revenir bientôt. Et le petit bureau n'était pas couvert d'un monceau de papiers, il y avait juste quelques feuillets tenus par un trombone et, dessus, une page en italien sur laquelle il était écrit : *Nostra Signora della Terza Età.* Cela ressemblait à une prière. Dessous, il y avait un texte en russe, visiblement, c'était la traduction.

« Tu crois qu'elle était quand même croyante ? demanda Nina à sa sœur en examinant les feuillets.

— Grand-mère Varvara l'était, ça c'est sûr. Mais notre mère, je ne sais pas. Elle avait été membre du Parti autrefois... Quoique... Cette cérémonie religieuse... Elle avait sans doute laissé des instructions. »

Lydia chaussa ses lunettes. L'écriture était bien lisible et pas du tout penchée, elle avait même tendance à reproduire le graphisme des caractères d'imprimerie – de grosses lettres bien droites, rien de sinueux, il y avait entre les lignes et les mots des blancs un peu trop grands dans lesquels on aurait parfaitement pu insérer des corrections. Mais il n'y avait aucune correction, c'était un texte sans ratures, qui avait l'air définitif et même solennel.

Elle se mit à lire.

« *Bénis soient ceux qui me regardent avec compassion...*

— Moi, j'ai l'impression que tous ces gens autour d'elle, ils la regardaient avec adoration, tout simplement, fit remarquer Nina.

— Elle ne parle pas d'elle, Nina, c'est juste une prière, observa Lydia, et elle poursuivit : *Bénis soient ceux qui adaptent leur pas à mon pas fatigué devenu lent...*

— Quel pas ? bougonna Nina. Cela faisait presque un an qu'elle était couchée...

— Tu ne comprends donc pas ? Elle a écrit ça avant de ne plus pouvoir marcher... *Bénis soient ceux qui parlent d'une voix forte à mon oreille devenue sourde...* »

Nina, qui était en train d'examiner les cailloux et les pommes de pin, s'immobilisa. Puis elle demanda à voix basse :

« Tu crois qu'elle parle d'elle-même ? C'est vrai qu'elle entendait mal les dernières années. »

Lydia répondit sans lever la tête :

« Non, bien sûr, c'est en général... »

Et elle continua de plus en plus lentement :

« *Bénis soient ceux qui serrent tendrement mes mains tremblantes...*

*Bénis soient ceux qui m'écoutent avec intérêt parler de ma jeunesse depuis longtemps révolue...* »

Et elle s'interrompit.

« Nina, tu as des souvenirs de ton enfance ? Et de façon générale, quels souvenirs on a ? Moi, je me rappelle être allée en Crimée avec grand-mère quand j'étais petite.

— Il n'y a qu'avec toi qu'elle y est allée. Moi, personne ne m'a jamais emmenée en Crimée. On m'envoyait en colonie de vacances, dans des camps de pionniers.

— Oui, c'est vrai, maman ne prenait jamais de congés. Dès qu'il a été possible de sortir du pays, elle a fait des voyages à l'étranger... À Rome, à Jérusalem... Et elle ne me racontait jamais rien.

— Moi, personne ne me racontait jamais rien, ni maman, ni toi..., dit Nina en haussant les épaules. Mais pourquoi on parle de ça ? Qu'est-ce que tu lis, là ? À quoi ça rime ?

— Attends un peu, Nina... J'ai compris ! C'est juste une traduction qu'elle a faite, ce sont des Italiens qui ont écrit ça, tu vois, là, c'est écrit en italien, et il y a aussi dix phrases. »

Et elle poursuivit encore plus lentement :

« *Bénis soient ceux qui comprennent ma soif de rapports humains...*

— Seigneur, mais de quelle soif elle parle ? coupa Nina. Les seuls rapports qu'elle avait avec tous ces gens, c'était pour le travail, elle ne se souciait que d'elle-même, personne ne l'intéressait...

— Mais tais-toi donc, Nina ! En fait, on n'en sait rien. Nous, on ne l'intéressait absolument pas, mais peut-être que les autres l'intéressaient, ceux avec qui elle parlait. Il y avait toujours une foule de gens autour d'elle. *Bénis soient ceux qui me font cadeau de leur précieux temps...*

— Plus tu lis, plus ça me rend malade ! Nous, elle ne nous a jamais fait cadeau de son précieux temps ! Peut-être qu'à toi, grand-mère en a donné un peu. Mais moi, le seul à m'en faire cadeau, de son précieux temps, c'était le jardin d'enfants ! »

Lydia haussa les épaules.

« Arrête de râler ! Tu ne comprends pas, c'est tout. Moi, je comprends quand même mieux, je suis déjà vieille, je vais bientôt avoir soixante-dix ans. *Bénis soient ceux qui pensent à ma solitude...*

— Non, Lydia, je ne peux pas écouter ça ! Ça ne parle absolument pas d'elle, ça parle de nous, de toi et moi. La solitude, c'est nous qui la connaissons, grâce à elle...

— Ne dis pas de bêtises, Nina. Quand je suis partie de la maison, je n'avais pas dix-neuf ans, alors que toi, tu as vécu encore des années avec elle, jusqu'à ce que vous soyez expropriées de la rue Ostojenka. Ne m'interromps pas !

— Mais ça me rend malade, Lydia ! Tout simplement malade !

— Écoute, c'est seulement la prière de quelqu'un d'autre, ce n'est pas elle qui l'a écrite. C'est juste une traduction. *Bénis soient ceux qui sont auprès de moi aux moments où je souffre...*

— Mais c'est elle qui ne voulait pas nous voir ! s'exclama Nina en fondant en larmes, à sa propre surprise. C'est elle qui ne voulait pas !

— On n'était pas là... C'est vrai... », dit Lydia tout bas.

Elle lisait désormais très lentement, presque en détachant les syllabes.

« *Bénis soient ceux qui me donnent de la joie durant les derniers jours de ma vie...*

*Béni soit celui qui me tiendra la main à l'heure où je m'en irai...* »

Lydia reposa les feuilles exactement là où elles se trouvaient avant, enfouit son visage dans ses deux paumes jointes. Et se mit à pleurer.

« Oh, mon Dieu ! chuchota Nina, c'est de nous qu'il s'agit… »

Elles pleuraient, assises à la petite table artisanale.

« Qui lui tenait la main… ? Nous ne le saurons jamais…

— Mais tu la connais, elle n'avait pas besoin de nous…

— Maintenant, je ne sais plus. Pourquoi elle a traduit ça en russe… C'est peut-être pour nous ?

— On ne le saura jamais. »

Lydia posa sa grande main lourde sur la maigre épaule de Nina.

« Qu'est-ce qu'on a fait, Nina, mais qu'est-ce qu'on a fait… Pardonne-moi…

— Et toi, pardonne-moi, ma petite Lydia. »

Elles s'envolèrent pour Moscou en emportant les carnets de notes de leur mère et la traduction de la prière du troisième âge. Antonella leur avait expliqué que, lors du dernier séjour d'Alexandra Vikentievna, elle l'avait emmenée voir l'église San Donato où se trouvait une statue de la Vierge du Troisième Âge, *Nostra Signora della Terza Età*. Peut-être était-il plus juste de traduire non « du troisième âge », mais « de la vieillesse » ? Cette prière était affichée au mur. Et elles avaient aussi emporté la coupe en porcelaine avec les coquillages, les cailloux et les perles de verre qui avaient partagé la solitude de leur mère.

Dans l'avion, elles relevèrent l'accoudoir qui séparait leurs fauteuils, Nina nicha son épaule chétive et son visage de moineau au creux de la grosse poitrine molle de sa sœur. Et elles s'endormirent toutes les deux. Elles étaient délivrées de la solitude.

# LE CORPS DE L'ÂME

## EN GUISE DE PRÉFACE

### *Pas une seule leçon n'est assimilée*

Fin octobre. Un boulevard. Un banc.
À l'est, à la lisière des montagnes, le port de Gênes,
à l'ouest, si on cligne bien des yeux, la Côte d'Azur.
On épluche dans sa tête grise chaque fait
qui n'a pas été compris et perçu
comme il le faudrait maintenant.
Tout est mensonger, faussé, biaisé.
Idiote ! Imbécile ! *I'm fucked !*
Pas une seule leçon n'a été assimilée.
Mais quelle veine j'ai eue, et quelle veine j'ai encore.
Pas parce que je le mérite, juste comme ça…
L'entracte se termine,
c'est le début du troisième acte.
Tout est derrière moi, le premier bleu et le dernier cancer,
tout s'est écoulé, le miel des rayons de la ruche, le pus de la blessure
les Évangiles, la Bible, le Coran,
Même le paradis désert du bouddhisme.
J'entre dans l'épisode final,

et peu importe qu'il soit suave ou aigre,
il se coule dans le sens ultime.
On aurait voulu une structure fractale, mais il n'y en a pas.
Il n'y a qu'une structure frontale, comme ce vers.
Il n'y a pas de poète sur la scène. Mais la salle s'est tue.
Le rideau tombe. Un cabinet noir.
Il y a quelqu'un ici ? Ou il n'y a personne ?

*Toute cette viande,*
*où est son âme, je vous le demande !*

On ne peut pas dire que Génia s'efforçait de suivre la mode, elle captait plutôt le courant général, mais en devançant légèrement le goût de la société. Alors que toutes les filles à l'avant-garde du progrès cherchaient à se procurer des souliers à talons aiguilles, elle s'était acheté dans un dépôt-vente des chaussures de marche en daim de couleur fauve, avec des semelles en crêpe à demi transparentes, sans lacets, juste de grossières coutures sur le dessus. À l'époque, on ne connaissait pas encore le mot « mocassins ». Comment cet article de fabrication américaine et d'origine indienne avait-il bien pu échouer dans ce dépôt-vente, ça, c'était un mystère. Mais cette année-là, Génia n'avait pas besoin de talons aiguilles, elle avait besoin de chaussures de marche pour se rendre à son travail. À la fin de l'année 1960, ayant échoué d'un point aux examens d'entrée à l'université, elle avait trouvé un emploi dans un laboratoire de biologie, histoire d'acquérir de l'expérience, sur le plan humain comme sur le plan pratique et, par la même occasion, de faire un stage professionnel, ce qui faciliterait énormément son admission en faculté de biologie dans le futur.

Tout lui plaisait beaucoup dans ce laboratoire, et elle apprit à une vitesse surprenante à se servir du microscope, du microtome et de tous les instruments en verre d'une propreté étincelante. Ce laboratoire faisait des recherches sur les hormones, et cela ressemblait à un conte de fées : pendant la journée, la minuscule glande qu'étudiait sa directrice sécrétait une hormone, pendant la nuit, elle en sécrétait une autre, et cela dépendait de la lumière, tout simplement de la lumière du soleil qui entre par la fenêtre le matin et envoie le signal « stop » à la mélatonine, et le signal « en avant » à la sérotonine ! Et le plus merveilleux, c'était que ces molécules étaient représentées par des formules, et qu'on pouvait les synthétiser. Bref, une pure merveille, cette biochimie…

Par une journée d'automne pluvieuse et glaciale, sa supérieure l'envoya dans un combinat de viande chercher le matériau nécessaire – des glandes pinéales de porcs. Elle lui avait dessiné un croquis du cerveau et avait indiqué avec une petite flèche comment atteindre cette glande bien cachée : après être remonté le long du tronc cérébral et avoir soulevé le cervelet, il fallait se glisser encore plus haut et détacher avec des pincettes cette fameuse épiphyse, qui était un organe impair, si bien qu'il était difficile de la confondre avec autre chose. On avait remis à Génia un bocal de formol, des gants, un scalpel et des pincettes, ainsi qu'une autorisation pour accéder au combinat de viande, dans lequel on ne laissait pas entrer n'importe qui. Chaussée de ses mocassins fauves tout neufs, elle prit le métro pour se rendre dans les faubourgs de Moscou avec deux changements, puis l'autobus. Elle était fière d'être responsable de cette tâche importante, mais se demandait aussi avec une certaine inquiétude si elle saurait s'en acquitter.

En descendant de l'autobus, elle sentit une légère odeur nauséabonde qui ne cessa de croître au fur et à mesure qu'elle approchait du portail en fer. Elle franchit le contrôle, et la gardienne fit un geste vague de sa grosse main en direction des ateliers – c'est par là !

Ensuite, personne ne lui demanda plus aucun laissez-passer, et elle pénétra dans un énorme bâtiment très haut, assez désert, avec, au milieu, un tapis roulant à l'arrêt. Elle ne sentait presque plus l'odeur infecte car l'être humain est ainsi fait qu'il s'habitue rapidement à tout.

Non loin de l'entrée se dressait une étrange installation – une haute plate-forme en bois sur laquelle se tenait un homme torse nu avec un fichu sur la tête. Il s'ennuyait. Il n'y avait personne à qui demander où se trouvait l'atelier où l'on débitait les animaux. Tandis qu'elle réfléchissait à ce qu'elle devait faire, il y eut un grincement métallique, une machine invisible se mit en marche, elle remarqua alors qu'un tuyau qui se trouvait devant l'homme commençait à bouger. Des gens surgirent, ils se précipitaient vers le fond du hangar. Elle n'avait pas encore eu le temps de comprendre ce qu'était cet étrange mécanisme qu'elle vit glisser le long du tuyau un porc suspendu par les pattes arrière, puis, à cinq mètres d'intervalle, un autre, et encore un autre… Le premier porc arriva devant l'homme, celui-ci se redressa, prit une posture belliqueuse, et Génia se rendit compte qu'il avait dans les mains un énorme couperet. Elle devinait déjà ce qui allait se passer. Et c'est effectivement ce qui se passa. D'un geste vif et précis, il frappa le porc à la gorge, et le sang jaillit aussitôt à flots. Il gicla et s'écoula, d'abord par à-coups, puis de façon régulière, en diminuant peu à peu.

Génia inspira profondément l'air fétide… et là, elle resta bloquée. Elle ne parvenait pas à expirer, la vie s'était arrêtée net. Tout son être se refusait à accepter cette horreur. Le porc agité de soubresauts s'éloigna. Ses pattes avant étaient parcourues de menus tressaillements. Génia expira. Elle baissa les yeux. Et vit en bas une rigole dans laquelle le sang coulait encore. Arriva alors un deuxième porc, et l'homme lui trancha la gorge avec la même rapidité…

Ce spectacle était stupéfiant par sa précision et son caractère athlétique, et aussi par le fait que les porcs n'émettaient aucun bruit déchirant. Juste des soubresauts d'agonie et le grincement des mécanismes mal huilés.

Il aurait fallu s'en aller, mais elle était incapable de bouger. Ah, oui, les épiphyses… Et elle s'avança le long des tuyaux mouvants sur lesquels défilaient non plus des porcs, mais de la viande, et elle marmonnait en son for intérieur : « Toute cette viande, toute cette viande, où est son âme, je vous le demande… » C'était une jeune fille dotée de sensibilité linguistique, à la fin de ses études secondaires, elle avait hésité entre la faculté de lettres et celle de biologie.

Puis elle entendit des bruits nouveaux – un claquement et un grésillement. C'étaient des battants qui s'ouvraient, ceux d'un poêle en forme de cuve dans lequel on calcinait la viande. Un cadavre d'un gris sale entrait dedans, une langue de feu bleue fusait, et quelques minutes plus tard ressortait une chose d'un rose transparent, presque pimpante, qui filait plus loin en se balançant sur de solides crochets noirs.

Ensuite, ce n'était plus qu'un processus purement technique qui s'accomplissait sur des tapis roulants. Les morceaux de viande se retrouvaient en position horizontale, ils passaient devant des femmes vêtues de blouses, et chacune d'elles exécutait une procédure bien déterminée : elle extirpait des entrailles béantes les intestins, le foie, les poumons, le cœur, et ainsi allégé, le... (le quoi ? se demandait Génia. Le corps, le cadavre, l'animal mort, ou déjà la viande ?) l'ex-créature continuait son chemin jusqu'au terminus, qui était justement le lieu de travail de Génia.

Elle se mit devant une table, à un embranchement du tapis roulant. Des têtes de porc coupées en deux défilaient lentement devant elle. Elle enfila les gants et se concentra. Prélever les épiphyses était finalement très simple. Dès l'instant où elle eut extrait la petite poche rose qui, peu de temps auparavant, secrétait la sérotonine euphorisante et la mélatonine soporifique, la magie du travail la délivra du trouble qu'elle éprouvait. Elle saisissait prestement avec ses pincettes l'objet de ses recherches, tranchait adroitement le délicat tendon qui le retenait, et le déposait dans le bocal de formol. Au bout de deux heures, le bocal était rempli. Elle l'enveloppa et le rangea dans son sac, roula en boule ses gants en caoutchouc pour les jeter dans une poubelle, et s'en alla.

Elle faisait un bruit de ventouse en marchant et s'enfonçait jusqu'aux chevilles dans la boue nauséabonde qui recouvrait le sol de l'atelier. Ses mocassins en daim couleur fauve étaient devenus foncés, mais elle n'avait pas les pieds mouillés. Elle chercha des yeux une poubelle pour y jeter ces horribles gants gluants de cervelle, et en vit une tout près de la sortie. Par terre, à côté de la poubelle, il y avait un morceau de viande grillée dans lequel on avait mordu. Jeté là. À moitié mangé. Un ouvrier avait décidé de casser la croûte sur place, il avait découpé une tranche de viande, l'avait fait griller, mais, Dieu sait pourquoi, il l'avait jetée.

Génia eut un haut-le-cœur et réussit à vomir dans l'orifice béant de la poubelle. Quelque chose d'acide et de végétarien. Les flocons d'avoine du petit déjeuner qu'on l'avait habituée à manger depuis l'enfance.

À la sortie, au contrôle, on la fouilla. Au début, elle ne comprit même pas ce qui lui arrivait. Deux types inspectèrent son sac, puis une bonne femme lui proposa d'entrer dans une petite pièce et lui enjoignit d'enlever son imperméable, de soulever son chandail, et lui palpa les flancs et le ventre. Ce fut la dernière épreuve de cette courte journée de travail.

Voilà, c'est tout. Les mocassins américains étaient

fichus, même après un nettoyage prolongé, jamais ils ne retrouvèrent leur joyeuse couleur d'écorce de sapin, ils étaient devenus d'un marron terne. Jamais plus Génia ne mangea de viande. Et finalement, elle n'est pas devenue biologiste.

# *Aqua Allegoria*

*À Éléna Kostioukovitch*

Sonia Solodova, une femme décharnée d'âge moyen aux yeux clairs et méchants, comprit le sens de la vie après son divorce. Ce sens, c'était la nourriture, ou plutôt la façon de s'alimenter. Mais elle l'avait découvert petit à petit. Volodia était parti sur un coup de tête : au bout de dix années d'un mariage tranquille et monotone, il avait brusquement rassemblé ses affaires, avait dit qu'il s'en allait et avait déménagé. Sonia avait commencé par sombrer dans une torpeur sans larmes, puis elle s'était lancée dans un grand ménage. La première chose qu'elle fit fut de nettoyer la cuisine de fond en comble, de façon à ce qu'il n'y ait plus une seule goutte de cette graisse qui n'en finissait pas de gicler en tous sens dans des poêles brûlantes. Volodia mangeait de la viande frite tous les jours, il aimait surtout les côtes de porc. Il les faisait frire lui-même dans du beurre fondu sur une vieille poêle en fonte. Jamais il ne laissait Sonia se charger de cette opération.

Au bout de deux jours de frottements assidus, les relents de friture avaient cédé la place à une odeur abstraite de produit de nettoyage qui n'avait rien à voir avec la nourriture. Après la cuisine, Sonia propagea son ménage à tout l'appartement d'une pièce et demie. Elle faisait cela de façon détaillée, expulsant les traces de son mari et les odeurs liées à sa présence, elle jeta plusieurs ouvrages sur l'étude des métaux, une liasse d'instructions pour on ne sait trop quels appareils ménagers, ainsi que ses vieilles chemises qui, bien que lavées, gardaient une odeur de tabac et de graillon. Elle jeta même sa chapka qui était tombée du haut de l'armoire. « Qu'il ne reste plus aucune trace de toi ! » avait-elle non pas pensé, mais plutôt exprimé de toute son âme et de tout son corps.

Elle récura avec passion chaque lame du plancher, lessiva les fenêtres et fourra son nez dans tous les coins. Une fois qu'elle eut mené à bien ce traitement sanitaire radical, elle vaporisa dans l'appartement la moitié d'un flacon d'Aqua Allegoria, un parfum français qu'elle avait gagné à une loterie du nouvel an à son travail, à l'époque où elle travaillait encore. Il y eut aussitôt dans l'air une odeur de bonheur, on aurait dit que les promesses qui avaient été comme données pendant l'enfance, puis reprises, recommençaient à poindre.

La première semaine, Sonia ne mangea rien, elle buvait du thé, finit de grignoter les réserves de pommes fatiguées provenant du jardin de sa cousine Nélia, et lorsqu'elle se rendit soudain compte qu'elle n'avait rien mangé de consistant depuis longtemps, elle se fit de la kacha avec du sarrasin qui restait dans le placard tout propre de la cuisine. Quand elle eut terminé la dernière bouchée de cette kacha insipide qu'elle avait même oublié de saler, Nélia débarqua, et pas les mains vides, mais avec des pommes et un morceau de pâte de fruits de sa fabrication personnelle.

La vie de cette Nélia d'un certain âge s'écoulait tout entière sur les six cents mètres carrés de son terrain, transformé par son labeur démentiel en une plantation qui donnait naissance à des légumes, des fruits, des herbes et des fleurs. Sa misérable cabane était une réserve de trésors alimentaires. Son exploitation était très productive…

C'était une année à pommes, et Nélia avait déjà rempli ses étagères de bocaux de calibres identiques, pourvus d'étiquettes sur lesquelles étaient indiqués l'année et la plate-bande, ainsi que le nom des produits et le numéro des pommiers. Ces pommiers étaient au nombre de quatre, trois d'entre eux donnaient des pommes Melba, avec de joyeuses hachures rouges, et le quatrième des Antonovka, les plus tardives, absolument magnifiques tant à l'extérieur qu'à l'intérieur. Ses étagères étaient bourrées à craquer d'excellentes conserves, mais elle n'arrivait pas à bout de ses pommes, si bien qu'elle partageait les surplus avec Sonia et avec son ancienne supérieure, une femme convenable d'origine orientale.

Elles prirent le thé. Nélia raconta les menus malheurs liés à ses pommes, et Sonia ne dit pas un mot de son événement principal, le départ de son mari. Après s'être coupé un quart du morceau de pâte de fruits qu'elle avait apporté et l'avoir déposé sur sa soucoupe, l'opulente Nélia pleine de bourrelets déclara avec envie, comme d'habitude :

« Je vois que toi, Sonia, tu maigris sans suivre le moindre régime. Moi, cette année, j'en ai bavé avec le régime de ce Dukan… J'ai perdu trois kilos, ensuite j'ai tout laissé tomber, et j'en ai repris cinq ! Pas de gâteaux, pas de chocolats, rien que de la viande – ces protéines, c'est d'un ennui ! Toute la journée, on ne pense qu'à une seule chose – qu'est-ce qu'on pourrait bien manger de bon… Mais toi, tu as toujours été maigre sans jamais faire de régime. Qu'est-ce que tu manges ? »

Sonia éclata de rire.

« J'ai mangé tes pommes toute la semaine… Et je me suis fait de la kacha… »

Sonia n'avait jamais pensé à sa ligne, elle mangeait ce qu'il y avait, ce qui lui tombait sous la main, et ce pour quoi on n'avait pas trop à faire la queue. Elle n'aimait pas le poisson. Elle trouvait même cela répugnant. Tout ce qui était graisseux lui paraissait immangeable, c'était comme avaler la terre des pots de fleurs ou du savon de ménage brunâtre. Quant à la viande, elle avait quitté la maison en même temps que Volodia. De façon générale, elle ne mangeait rien de consistant.

Après le départ de Nélia, elle comprit que l'air, dans l'appartement, ne cessait de s'améliorer non de lui-même, mais à cause de la présence des pommes. Et elle comprit aussi qu'elle n'avait besoin d'aucune autre nourriture, c'était bien comme ça. Par sens du devoir, elle termina les réserves de céréales qui restaient, mais elle sentait bien que ces gruaux ne faisaient que gâcher sa joie et alourdir son corps. Seules les pommes ne portaient pas préjudice à cette bienheureuse légèreté. Quand elle arriva au bout des pommes de Nélia, elle se rendit compte qu'elle n'avait pas envie d'aller faire des courses au Gastronome. Au rez-de-chaussée du magasin, on vendait du vin en bouteille, de l'épicerie et toutes sortes de menues denrées culinaires. Que des choses dont elle n'avait pas besoin. Au premier étage, c'était la viande et le poisson. Dès qu'elle se représentait ces étalages, elle sentait le souffle d'une présence hostile. Et elle n'alla nulle part. Il restait encore quatre pommes, et elle les coupa en tranches fines afin qu'elles durent plus longtemps.

« Comment ai-je fait pour vivre tant d'années avec cette viande ? » se disait-elle, étonnée, et, à ce moment-là, elle ne pensait qu'à la viande qui se trouvait dans le réfrigérateur quelques mois plus tôt, et pas du tout à l'homme qui la rapportait à la maison.

Sonia mangeait ces tranches de pommes en petites quantités, et le plus lentement possible. Assise dans la cuisine, face à la fenêtre, à la place occupée autrefois par Volodia, elle se réjouissait à la vue des feuillages qui étaient toujours d'une couleur plus éclatante et plus attirante pour l'œil justement depuis son deuxième étage. Il est vrai que le paysage avait déjà légèrement jauni et commençait à se déplumer.

Nélia revint avec des pommes numéro quatre, comme elle disait, des Antonovka. Elle en avait apporté deux sacs pleins – depuis sa jeunesse, elle était taillée pour trimbaler des paquets. Un tel poids, cela dépassait les forces de sa cousine. Sonia caressa les pommes Antonovka de ses doigts fins et fit cadeau à Nélia de la broche en grenat de leur grand-mère. Et Nélia fut satisfaite de voir la justice ainsi rétablie : cette grand-mère leur était commune à toutes les deux, mais la broche ronde en grenat était allée à sa fille et non à son fils, c'est pourquoi c'était Sonia qui en avait hérité, même si c'était Nélia qui portait le nom, et comme ce bijou était un bijou de famille, d'après Nélia, il aurait dû lui revenir à elle. Elle s'en alla tout heureuse avec la broche dont elle exagérait de beaucoup la valeur. Sonia inspira une bouffée d'air, et comprit que le parfum des pommes Antonovka accentuait et même améliorait l'odeur presque éventée d'Aqua Allegoria.

Après avoir passé un certain temps enveloppées dans du papier, les pommes commencèrent à tirer vers le jaune. Leur chair prenait lentement une saveur magnifique et somnolente.

Il en restait encore alors que la neige avait déjà tout recouvert dehors et qu'au lieu de la verdure des bouleaux on voyait l'immeuble voisin entre leurs branches nues. Sonia avait de moins en moins envie de manger. Elle avait envie de dormir. Et de boire. Seulement elle ne buvait pas de l'eau, elle aspirait avec une paille du jus de pomme dilué, un jus fait maison, produit lui aussi par Nélia. Celle-ci n'était pas généreuse en sucre mais en revanche, elle savait si bien stériliser les bocaux que ses jus ne fermentaient pas jusqu'au printemps. Ceux de toutes ses voisines fermentaient, mais les siens, jamais.

La somnolence ne passait pas. Cela venait sans doute de l'odeur, se dit Sonia en remarquant que l'air de son appartement se faisait plus dense, il se gorgeait de puissants et célestes effluves de bonheur solitaire, et il n'y avait pas l'ombre d'un besoin de le partager avec quelqu'un d'autre. Une pensée montait du plus profond d'elle-même : heureusement que je n'ai pas pu avoir d'enfant, il m'aurait obligée à bouger et aurait tout gâché. Quant à Volodia, elle n'y songeait même pas.

Elle fit son lit avec de beaux draps tout neufs et se coucha définitivement. Elle ne se levait que pour verser du jus dans son verre. Elle se déplaçait de moins en moins. Parfois, elle se demandait ce qui se passerait quand il n'y aurait plus de jus dans le bocal.

Mais il y en avait toujours, il en restait même encore un peu lorsque se produisit un phénomène étrange : là où son corps était couvert de poils fins et d'un duvet à peine visible se mirent soudain à pousser des sortes de fils incolores extrêmement fins, soyeux et agréables au toucher – sur ses bras, sur ses jambes –, et elle les enroulait autour d'elle pour que cela fasse plus propre. Tant qu'elle en eut la force, elle s'entortilla ainsi les bras et les jambes. Elle n'avait pas envie de couper ces poils si doux…

Des forces, elle en avait de moins en moins, cela faisait longtemps qu'elle n'avait plus envie de manger, et maintenant, même le jus de pomme semblait avoir perdu son attrait. Elle était submergée par l'envie de dormir. Elle dormait de plus en plus et, à la fin du mois de février, elle s'endormit définitivement. Elle gisait comme un pantin, enserrée tout entière dans de longs cheveux fins de sa couleur naturelle, châtain clair, d'une belle nuance cendrée. Et l'appartement était rempli d'une odeur délicieuse qui venait non des pommes Antonovka qui restaient dans le carton, mais de Sonia elle-même. Mais cela, elle ne le sentait plus.

Sa cousine lui téléphonait de temps à autre, mais Sonia n'était jamais chez elle. Nélia mit longtemps à se décider à venir. Et quand elle vint enfin, elle sonna à la porte sans résultat : Sonia n'était pas là. Nélia râla un peu – elle était sans doute partie quelque part, elle aurait quand même pu donner un coup de fil ! On ne se conduit pas comme ça avec les gens de sa famille ! Mais une idée inquiétante s'ancra néanmoins dans son esprit.

Pendant quarante jours, le pantin couvert de cheveux châtain clair resta allongé sur le lit de Sonia. Puis il se fendit de haut en bas, et de ce cocon chevelu sortit un papillon humide avec des yeux vert clair constitués d'une multitude de facettes. Le papillon mit longtemps à sécher, trois heures, puis il ouvrit ses ailes enfin sèches, et il n'y avait personne pour l'admirer.

Au début, les ailes transparentes se gorgèrent d'une couleur tendre. Les écailles étaient incolores, mais en vertu d'une mystérieuse loi de l'optique, la lumière qui venait de la fenêtre se réfractait de telle sorte qu'elles s'irisèrent d'un reflet bleu-vert. Des petits points et des rayures orangées apparurent sur le dessus, et seul un entomologiste aurait soupçonné la parenté de ce gigantesque insecte avec la pyrale des pommes. Le papillon agita ses quatre ailes, s'éleva dans les airs, décrivit un cercle d'adieu sous le plafond bas, et s'envola par le vasistas ouvert.

Au bout d'une semaine, Nélia, inquiète, revint voir sa cousine, elle sonna longuement à la porte, puis alla trouver les voisins, mais ceux-ci ne savaient rien. Une vieille femme au visage granuleux s'étonna : mais ça faisait longtemps qu'elle était partie !

Nélia fonça au commissariat. Ce fut d'abord le policier du quartier qui vint, il frappa longtemps. Il appela les pompiers, et on enfonça la porte. On ne trouva pas le cadavre que l'on s'attendait à découvrir. Les seuls êtres vivants étaient des mouches – elles s'étaient multipliées sur le magma de pourriture qu'étaient devenues les deux dernières pommes. Il y avait un nuage de mouches noir et frémissant. Et c'était tout. Le lit était jonché de chiffons étranges, on aurait dit de vieux vêtements en laine.

Son passeport se trouvait dans son sac. Dedans, il y avait une photo de Sophia Sergueïevna Solodova. On n'en trouva aucune autre d'elle dans l'appartement. On fit une reproduction de cette photo d'identité que l'on imprima sur un avis de recherche, et on inscrivit Sonia sur la liste des personnes disparues cette année-là. Il est vrai qu'on ne les recherchait pas particulièrement, mais l'avis fut affiché dans les gares et autres lieux fréquentés.

Sonia, elle, avait déménagé en un endroit très particulier : autour d'elle voletaient des papillons comme elle, et d'autres plus gros et plus colorés. Elle en reconnut certains. L'un d'eux était à coup sûr sa première institutrice Margarita Mikhaïlovna – il était massif, il ressemblait à une vanesse de l'ortie, rouge orangé avec des taches, il volait avec dignité, lentement, sans voltiges frivoles. L'air était léger et joyeux, la forte odeur de fruit était intense et changeante, passant de la pomme à la pêche, et de la pêche à la fraise.

Il n'était absolument pas question d'insecte à la Kafka.

## *Ensemble*

La porte s'ouvrit dans un grincement prolongé et délicat. Valentin Ivanovitch attendait ce bruit à travers son sommeil. Sans ouvrir les yeux, il la voyait déjà tout entière – petite, jeune, avec un ruban vert dans ses cheveux d'un roux pâle –, il percevait même son odeur, un peu sucrée, avec de légers relents de sueur et d'une eau de Cologne aux effluves boisés. Elle disait que sa peau ne supportait pas l'eau, elle se lavait rarement, préférant se frictionner à l'eau de Cologne le matin.

Elle se dirigeait vers son lit très lentement, comme à tâtons, et, toujours sans ouvrir les yeux, il la sentait approcher. Elle flottait vers lui comme un nuage, et il attendait docilement le moment où ce nuage le recouvrirait. La première partie de ce rendez-vous, toujours la même, se terminait là-dessus, ensuite c'était très varié, car à chaque rencontre, il y avait quelque chose de nouveau qui émanait d'elle. Il n'ouvrait pas encore les yeux, essayant de deviner quel serait son premier attouchement.

Cette fois, le bout de ses doigts effleura les lobes de ses oreilles, les chatouilla et s'enfonça dans les profondeurs du pavillon. La béatitude le remplit à ras bord, il sourit et ouvrit les yeux. Légère, presque dénuée de poids, elle était allongée, les doigts appuyés sur ses oreilles, et soufflait doucement dans sa « petite âme », c'est ainsi qu'elle appelait le creux sous l'appendice xiphoïde, en bas de son sternum.

Son visage était invisible, il y avait juste ses cheveux sous un ruban vert. Il tira avec précaution sur la soie glissante, le ruban se défit, et il enfonça ses doigts dans les boucles épaisses et souples. Même ses cheveux étaient doués de sensibilité. Et Valentin Ivanovitch savait que cette faculté que son corps avait de réagir touchait au génie, chaque partie d'elle savait converser – ses doigts d'enfant aux ongles coupés ras s'entretenaient avec ses grosses pattes à lui, rendues calleuses par la vieillesse, leurs bouches, leurs dents, leurs langues, leurs ventres et les tréfonds de leur être se parlaient, et cette conversation était voluptueuse. Et chaque fois, c'était comme si cela recommençait d'une façon nouvelle : d'abord avec précaution, avec hésitation, puis cela devenait de plus en plus animé, avec chaque fois de nouvelles informations, de nouveaux messages, et le contenu de ce murmure des corps devenait de plus en plus riche. Et était de moins en moins traduisible en langage humain.

Leurs corps s'étaient parlé avant même qu'ils apprennent leurs noms respectifs. Il y a trente ans, emporté par l'habitude, Valentin Ivanovitch, un amateur de relations fraîches et un ennemi juré de la fidélité qui, lorsqu'ils s'étaient rencontrés, avait déjà été marié deux fois, avait coincé sa nouvelle préparatrice dans le vestiaire du laboratoire, s'attendant à une légère résistance et à une prompte victoire. Mais aucune feinte résistance n'avait suivi cet assaut relativement brutal. La réponse de son corps avait marqué le début de cette conversation qu'ils menaient sans interruption depuis déjà trente ans. Ses deux épouses, la première, Anastasia, une actrice au charmant minois de chaton et à la carrière réussie, et la deuxième, Léna, une de ses anciennes élèves, puis son assistante, une femme intelligente et presque irréprochable dans tout ce qu'elle faisait, la mère de son fils unique, ainsi que toutes ses amies de passage, avaient dès lors perdu tout attrait pour lui, même si, la première année de cette nouvelle liaison, il n'avait pas encore tout à fait compris que son corps et son âme étaient voués à une monogamie qu'il méprisait depuis son adolescence. Il l'avait compris petit à petit.

Il savait à peu près ce qui allait se passer à présent : c'était d'abord toute la surface de son corps qui allait se mettre à vivre, à respirer, puis toute sa peau qui allait jubiler, et chaque poil de son corps allait frémir en réponse aux frôlements de Goulia.

Oui, elle s'appelait Goulia, Aïgoul de son vrai nom, c'était une petite Tatare, non une descendante de ces cavaliers aux cheveux noirs, aux yeux étroits et aux jambes torses, mais de ceux qui, bien qu'on les appelle Tatares, sont venus d'autres contrées, des Ouralo-Altaïques aux yeux bleus et au pied léger.

Il y avait longtemps que Valentin Ivanovitch n'était plus pressé de mener à terme cette longue conversation. C'est dans sa jeunesse que son aboutissement était ce qu'il y avait de plus important dans la rencontre de leurs corps, maintenant, il ne précipitait plus les choses, au contraire, il prenait son temps, il avait beau tout connaître par cœur, il s'émerveillait chaque fois de la nouveauté de ce qui se produisait.

Sa peau se liquéfiait, elle devenait poreuse comme du papier humide, c'était comme si toute la surface de son corps rentrait à l'intérieur, et la conversation se prolongeait d'une façon indescriptible, absolument indescriptible. Goulia caressait ses poumons, et il respirait à sa rencontre, captant les courants d'air qui lui répondaient. Il avait l'impression qu'elle caressait même son foie, sa partie droite, la chatouillant délicieusement, et son tissu hépatique fatigué en était tout revigoré.

Ses caresses étaient nonchalantes et détaillées, elles procuraient une volupté physique et un repos spirituel, elles le soulageaient de la pénible tension dans laquelle il vivait depuis trois ans. Il allait à sa rencontre, il était déjà en elle et elle en lui, leur étreinte était dense et humide, et voilà que déjà, cela approchait, c'était là, cette sensation de se fondre l'un dans l'autre, quand la frontière entre les corps disparaît complètement, et, pour marquer ce triomphe suprême de la chair qui a renoncé à elle-même et se donne totalement à un autre, dans le grondement du sang dévalant le long des veines, deux flux d'une extrême pureté se précipitèrent l'un vers l'autre – le liquide visqueux et sacré qui contient le germe de la vie, et l'autre, l'eau accueillante qui invite et reçoit.

Valentin Ivanovitch serrait entre ses doigts le ruban vert froissé.

L'horloge marque trois heures et demie. Le vide. La garde-malade s'en va à huit heures et demie. Il faut dormir un peu. Se lever en surmontant une fatigue perpétuelle. Faire sa toilette, boire une tasse de thé. Prendre son tour de garde.

Cela faisait longtemps qu'il avait appris à faire tout ce dont la garde-malade s'acquittait si adroitement : retourner le corps allongé sur l'autre côté, changer les draps sans le déranger, enlever les couches trempées et en mettre de nouvelles. Elle était aussi légère qu'une petite fille, un oiseau desséché avec un bec pointu et les restes décolorés d'une chevelure d'un roux cendré.

Le lit était pratique, on y accédait par tous les côtés, mais Valentin Ivanovitch s'assit sur la chaise aux pieds de sa femme, il ferma les yeux et se représenta la nuit dernière dans tous ses détails, avec toute la succession des frôlements intelligents et heureux. Et il s'efforçait de se souvenir de ce que Goulia lui avait dit.

## *Un homme dans un paysage de montagnes*

*À Lika Noutkévitch*

Sa mère travaillait à la direction de l'usine. Sa fonction avait pour nom « Valentina », elle servait tantôt de coursière, tantôt de femme de ménage, ou bien elle descendait acheter quelque chose. Elle ne savait rien faire d'autre. Mais elle était utile pour rendre de menus services, sinon on ne l'aurait pas gardée. Parfois, elle restait simplement assise, à attendre les directives de la véritable secrétaire. Valentina avait été à l'école pendant six ans, elle n'était pas allée jusqu'à la classe de troisième. C'était une enfant de l'Assistance publique, timide et effrontée. Elle n'avait pas de mari. Et pas d'amant. Juste un fils, Tolik, et une pièce dans un appartement communautaire.

Tolik restait à la maison. Il n'avait pas pu rester au jardin d'enfants, il était terrorisé là-bas, il pleurait et cassait les pieds à tout le monde.

Le matin, Valentina partait travailler en l'enfermant avec un pot de chambre. Séménovna, une voisine, passait à l'heure du déjeuner, elle ouvrait la porte et lui donnait une casserole de soupe. Il y avait du pain sur une étagère, il pouvait en prendre autant qu'il voulait. Il mangeait lentement, pendant longtemps. Le reste de la journée, il regardait par la fenêtre. Jusqu'à ce qu'il fasse nuit. Sa mère le laissait se promener dans la cour le dimanche, mais il n'aimait pas ces promenades, il redoutait les gamins du voisinage. Ils se moquaient de lui, le bousculaient et, de temps en temps, ils lui tapaient dessus. De sa fenêtre du deuxième étage, Tolik les connaissait tous. Parfois, de là-haut, ils lui plaisaient bien – il les regardait jouer à la balle, courir, planter des couteaux dans la terre.

La plupart du temps, de sa fenêtre, Tolik examinait un tilleul avec un grand nid de corneilles coincé entre deux grosses branches, juste à la hauteur de leur deuxième étage. La période la plus intéressante commençait fin mars, quand arrivaient les habitants du nid, un couple de corneilles. Cela faisait déjà trois ans qu'il les observait. Au début, après avoir dansé un peu en l'air, ils s'attelaient au ravaudage du nid que le vent et la neige avaient déchiqueté au cours de l'hiver, ils apportaient des brindilles, farfouillaient dedans avec leurs becs et battaient des ailes. « Ça leur manque de ne pas avoir de mains, se disait Tolik. Avec des mains, ça serait plus facile de réparer le nid. Mais s'ils avaient des mains, comment ils feraient pour voler ? » Il s'accroupissait, il agitait les bras de toutes ses forces… Non, sans ailes, impossible de voler. « Mais les mains, c'est plus utile… », devinait-il.

Après avoir réparé leur nid, les corneilles se mettaient à avoir des bébés. La maman s'installait sur ses œufs, on ne les voyait pas, mais Tolik savait qu'elle allait rester là un certain temps et qu'ensuite il y aurait des petits oiseaux qui sortiraient. La deuxième corneille apportait à manger à la première, celle qui couvait, et ça, c'était ce qu'il y avait de plus intéressant, il attendait toujours le moment où l'autre arriverait et, perchée au bord du nid ou parfois en voletant, transmettrait la nourriture de bec à bec. Il passait des heures à la fenêtre pour ne pas rater cet instant. Cette seconde, même. Hop ! Elle l'attrapait au vol. C'était dommage, on ne voyait pas quelle nourriture apportait le papa corneille. Ensuite les oisillons naissaient, ils ne se montraient pas complètement, on voyait juste leurs becs grands ouverts qui surgissaient du nid quand leurs parents approchaient avec leur pitance. Tolik ne quittait pas la fenêtre, il la regardait comme on regarde un écran de télévision : voilà, les petits oiseaux quittaient le nid, au début, ils sautillaient de branche en branche, puis ils apprenaient à voler, et tout le monde s'envolait.

Tolik commençait alors à s'ennuyer. Le cadre de la fenêtre derrière laquelle se déroulaient ces existences d'oiseaux cessait de l'intéresser et, l'hiver, il s'occupait autrement, avec des bouts d'écorce. L'année qui précéda son entrée à l'école, on installa un radiateur dans la pièce, mais jusque-là, ils se chauffaient avec un poêle, et il y avait toujours à côté des bûches dont il détachait des morceaux d'écorce qu'il disposait sur le plancher en formant tantôt des locomotives, tantôt des éventails, tantôt des dessins alambiqués. Quand sa mère revenait du travail, elle se fâchait : il avait encore mis des saletés partout ! Et il nettoyait tout.

Une nuit, juste avant son entrée à l'école, un petit incendie éclata dans leur appartement communautaire, à l'intérieur d'un cagibi qui avait été jadis une salle de bains. Tolia dormait et ne se rendit compte de rien. Au matin, quand il alla se laver les dents dans la cuisine, au-dessus de l'évier, il tomba au beau milieu d'une prise de bec : qui était le coupable, et que faire ? On ne trouva pas de coupable, et on vota pour un court-circuit. Une collecte fut organisée pour nettoyer le cagibi et le repeindre. Les objets qui n'avaient pas eu le temps de brûler, mais étaient légèrement roussis, furent répartis entre les habitants de l'appartement. Un voisin aida sa mère à transporter dans leur pièce une sorte de malle ou de valise – une caisse avec des poignées. Et sa mère partit travailler.

Tolia ouvrit non sans mal les deux loquets, regarda à l'intérieur, et son âme frémit. Il examinait ces objets mystérieux et troublants auxquels il n'osait pas toucher. Pendant les deux premières heures de cette rencontre, il se contenta de contempler les tiges en bois poli munies de vis de serrage métalliques étincelantes, la couleur du bois et celle du métal s'attiraient l'une l'autre, comme si elles étaient amies. Le tissu d'un noir d'encre sur lequel étaient posés ces élégants morceaux de bois était lui aussi quelque chose de sensationnel : c'était velouté, et cela avait l'air tout doux. Cela ressemblait à une casserole, mais le couvercle était bizarre, avec une excroissance ronde sur le dessus. Et sous le tissu noir se trouvait encore quelque chose d'autre, quelque chose de non moins mystérieux, mais d'invisible. Avec le sentiment de transgresser un interdit que son âme nouveau-née ne pouvait connaître, mais connaissait quand même, il se mit à sortir les objets qui se trouvaient sur le dessus afin d'examiner ce qui se trouvait dessous. Il y avait là des choses dont Tolik ne devait apprendre la fonction que des années plus tard : un agrandisseur, des bacs pour laver les tirages, des petites boîtes rondes contenant des pellicules depuis longtemps périmées, et des liasses de papier photo tout aussi hors d'usage. Tout au fond, il trouva un petit étui en cuir renfermant le plus beau de tous les trésors : une planchette avec, d'un côté un cadre, et de l'autre, une petite fenêtre ronde par laquelle on pouvait regarder. Il jeta un coup d'œil dedans, avec précaution, et vit dans cette petite fenêtre sa propre fenêtre, laquelle constituait depuis longtemps un cadre pour ses observations sur la vie, et voilà que maintenant, cette fenêtre se trouvait elle aussi à l'intérieur d'un cadre. Cet objet s'appelait un viseur, mais il ne l'apprit que beaucoup plus tard. « C'est un regardeur », décida-t-il en son for intérieur. S'il avait pu exprimer par des mots ce qu'il ressentait, il aurait dit que la vie avait acquis un sens, et que ce sens se trouvait dans ce cadre.

Au bout de trois jours, alors que tous les objets de la caisse avaient été étudiés à fond et qu'il ne lui manquait plus que de comprendre à quoi pouvaient bien servir toutes ces merveilles, l'explication arriva : dans une poche sur le côté de la caisse, il y avait une sorte de doublure ou de compartiment qu'il n'avait pas remarqué tout de suite. Et quand il l'eut remarqué et ouvert, il découvrit une multitude de photographies collées sur des cartons épais, et il devina que tous ces objets exaltants servaient justement à fabriquer des photographies.

Sur chaque photo figuraient une ou plusieurs personnes, des hommes, des femmes et des enfants, avec des vêtements inhabituels et invraisemblables, ce n'étaient presque pas des humains, mais des créatures d'une espèce inconnue, comme ces animaux qu'il avait vus au zoo où sa mère l'avait emmené une fois – des éléphants, des lézards ou des singes. Les visages de ces gens étaient sérieux, ils avaient des expressions dignes et imposantes : un officier avec une casquette posée sur un support spécial, une petite fille en robe blanche aux yeux écarquillés, ou un vieillard avec une barbiche et un jonc, à côté de sa vieille femme à l'air grave, une corbeille de cheveux tressés juchée sur sa grosse tête.

Des créatures de ce genre surgissaient parfois sur le téléviseur de la voisine, à qui il allait rendre visite le soir avec sa mère.

Il abandonna pour un temps les objets en métal, en bois et en plastique, et se mit à étaler ces photos par terre, les disposant en rangées, en éventail ou selon d'autres critères – d'après la taille, ou d'après des inscriptions figurant en bas ou au verso.

Le mystère de la précieuse caisse fut en partie élucidé lorsque sa mère lui raconta en passant qu'avant sa naissance elle avait travaillé chez un vieux photographe solitaire et qu'elle avait rapporté cette malle chez elle, quant au reste de ses affaires, ses voisins malintentionnés se les étaient partagées dès qu'ils avaient appris que le vieillard était mort à l'hôpital.

En septembre, Tolia entra à l'école primaire. Vers le nouvel an, il se retrouva en tête du peloton des élèves à la traîne. C'est ainsi que, en qualité de dernier de la classe, il passa cinq années au dernier rang. Il ne redoubla qu'une seule fois, en CM1. Les enseignants le portaient à bout de bras, ils le plaignaient et, dans l'ensemble, ils l'aimaient bien, car il ne les dérangeait jamais pendant les cours et ne leur causait aucun souci pédagogique, à part ses mauvais résultats. Il était absent...

Un jour, Génia, un garçon de sa classe, lui proposa de l'accompagner dans un club de photo à la Maison des pionniers, sur les monts Lénine. Ce Génia avait envie d'aller là-bas depuis longtemps, mais ses parents ne le laissaient pas s'y rendre seul, ils étaient d'accord uniquement s'il se trouvait un compagnon pour les trajets.

Dans ce club, Tolia comprit très vite à quoi servait chaque objet de la caisse, son seul regret était de ne pas y avoir trouvé l'objet principal : un appareil photo. En revanche, il y en avait un au club. On pouvait s'en servir de temps en temps, chacun son tour, tout en étudiant la science de la photographie en théorie plutôt qu'en pratique. Certains garçons avaient un appareil, mais Tolik ne pouvait que rêver d'en posséder un à lui. Mais c'est une bonne chose d'avoir des rêves.

Il se rendait à ce club une fois par semaine, le lundi. Son condisciple lui avait fait assez vite faux bond, mais Tolia, lui, était prêt à y aller tous les jours. Là-bas, il cessait d'être à la traîne et un peu arriéré, il saisissait au vol chaque mot prononcé par le professeur Kotov, et tout ce qu'on lui avait dit et montré s'imprimait dans son cerveau comme sur une pellicule. Ici, il était le plus intelligent, le plus adroit de ses mains.

Entre-temps, il était arrivé à la fin de la troisième. Il avait seize ans et c'était le moment d'aller de l'avant. Il opta pour une formation technique spécialisée dans la fabrication d'appareils de précision. Il considérait la photographie comme un amour, et non comme une profession possible. Mais il échoua aux examens d'entrée à l'établissement technique, et s'inscrivit dans une école professionnelle où l'on prenait les gens simplement sur présentation de leur brevet de troisième. Cette école avait ses avantages : on avait droit à une petite bourse et à des tickets pour les repas. Il est vrai qu'à l'époque on ne fournissait plus de vêtements de travail, mais Tolik n'était pas corpulent, il portait encore son uniforme d'écolier bleu marine.

Dans cette école professionnelle, cela se passait beaucoup mieux qu'à l'école, il n'était plus à la traîne, mais restait dans une digne moyenne et ne se distinguait en rien, sauf sur un point : il avait une occupation qui le détournait de toutes les distractions stupides des adolescents. Il continuait à se rendre au club de photo, sur les monts Lénine, et, là-bas, il était celui qui en savait le plus, on le respectait. Et, bien entendu, il était le plus ancien et le plus méritant – à l'époque, il avait été primé au concours municipal « Aime ta ville natale », et il avait reçu une récompense sous forme d'un cube en plastique avec un appareil photo gravé sur le côté pour avoir obtenu la deuxième place au concours national des écoliers « Notre pays natal ».

Il avait passé l'âge de faire partie de ce club, bien sûr, mais Kotov ne le mettait pas dehors, il le gardait en tant qu'assistant. Tolik avait acquis tous les savoir-faire d'un photographe : il n'abîmait pas les pellicules en les chargeant dans la cuve de développement, il avait appris à développer, à tirer sur papier et à découper le bord des tirages en dentelures inégales à l'aide de cisailles spéciales.

Parfois, Kotov lui prêtait son vieil appareil, il se rendait alors à Sokolniki ou dans le parc de Timiriazev et photographiait les gens qui se promenaient parmi les arbres. Il s'efforçait de cadrer à la fois une personne et un arbre. Ce n'était pas simple.

Dès qu'il eut terminé son école, il fut convoqué pour le service militaire. L'armée ne lui faisait pas peur. « Je ferai comme tout monde. » La veille de son départ, Kotov lui fit cadeau de son Smena-6, un appareil ancien de la toute première série fabriquée en 1960, qu'il avait remplacé depuis longtemps par un appareil dernier cri, mais il ne pouvait se résoudre à se séparer du vieux. Surmontant une radinerie innée et une déférence envers les objets méritoires acquise au fil des années, il le remit à son meilleur élève.

Pendant trois mois, Tolik fit ses classes. Lui qui n'avait jamais vu de fusil auparavant se révéla être le meilleur tireur de tout le lot, mais il ne lui vint jamais à l'esprit que l'art de photographier était apparenté à l'art de tirer.

À cause de ses succès en tant que tireur, il fut affecté à un régiment de gardes-frontières. Il fit un voyage en train de presque deux semaines avec des arrêts prolongés, attendant parfois pendant deux jours d'être aiguillé sur des voies ferrées perdues, toujours plus loin vers le sud. Il fut débarqué dans la ville de Douchanbé, là, on fit monter les huit jeunes recrues dans un hélicoptère tout neuf, et on les amena sur le lieu de leur service militaire, un poste-frontière niché dans les contreforts du Pamir, au fond d'une gorge déserte, près de la rivière Piandj.

Du hublot carré de l'hélicoptère, Tolik vit un monde qui dépassait par ses dimensions tout ce qu'il avait pu imaginer. Il y eut d'abord des steppes sans fin, puis la terre se bossela et ce furent alors des montagnes fantastiques alignées en rangs, un ciel étrangement proche, et des nuages compacts comme de la crème glacée. Il se dit même qu'il était mort – de telles choses n'existent pas sur terre. Mais le grondement du moteur gâchait ce tableau divin avec son bruit grossier. Subjugué, il regarda par la fenêtre jusqu'à ce que l'hélicoptère se pose.

Après ce voyage céleste, le poste-frontière de Sari-Gor offrait un point de vue panoramique sur un immense univers montagneux dont il n'avait même pas soupçonné l'existence.

Il passa les deux ans et demi de son service dans les gardes-frontières à regretter amèrement de ne pas avoir emporté son appareil photo, et chaque jour, il supputait mentalement depuis quel endroit il aurait fallu prendre des photos, à quel moment de la journée, avec quel éclairage et sous quel angle. Ici, l'horizon auquel sont habitués les habitants des terres plates n'existait pas, le bord du monde était dentelé et entrecoupé.

Le service en lui-même était monotone, durant tout ce temps, il ne se produisit absolument aucun événement : pas une seule fois il ne vit des espions ni de dangereux bandits franchissant illégalement la frontière. La principale occupation était la chasse aux contrebandiers qui sortaient de la drogue d'Afghanistan par les moyens les plus ingénieux qui soient. Les Afghans et les Tadjiks arpentaient ces montagnes depuis la nuit des temps, se transmettant les secrets de leur métier de génération en génération. Parfois, quand on les attrapait, il y avait quelques coups de feu. Ces années-là, il n'était encore question d'aucune guerre.

Une fois son service terminé, Tolik rentra chez lui. Sa mère fut toute contente. Si on leur avait demandé s'ils s'aimaient, tous les deux auraient été étonnés. À l'orphelinat où on avait parqué Valentina jusqu'à l'âge de seize ans, on lui avait appris à survivre et non à aimer, aussi n'avait-elle pu enseigner cela à son fils. Elle n'avait pas réussi non plus à aimer un homme. Elle se souvenait qu'en cinquième le professeur de gymnastique en survêtement bleu lui plaisait beaucoup, mais il ne la remarquait même pas. Elle avait cédé à un autre, qui ne lui plaisait pas, mais avait beaucoup insisté. Par la suite, il y avait eu encore quelques incidents du même genre. Voilà tout l'amour qu'elle avait connu. Tolik, elle l'aimait autant qu'elle en était capable, sans y réfléchir, quant à son père, elle ne savait pas elle-même qui c'était exactement.

À l'époque où Tolik rentra, il s'était produit un changement dans son existence, on l'avait flanquée à la porte de l'usine et elle travaillait à présent au syndic de l'immeuble, toujours pour quatre-vingts roubles. Cela lui suffisait.

À la maison, rien n'avait changé. Tolia s'était aussitôt précipité sur son appareil photo qui était resté dans le tiroir où il l'avait laissé. Tout son attirail de photo était intact, sa mère n'y avait pas touché. Il alla voir Kotov dès le lendemain. Celui-ci fut content de le voir.

« Tu tombes bien ! On m'a accordé un poste de laborantin. Tu le veux ? »

Tolia le voulait. Il le voulait très fort. Et il se présenta à son travail le jour suivant, bien que son contrat ne débutât que deux semaines plus tard. C'était un véritable retour à la maison : il retrouvait le développement et les tirages, les pellicules et le papier photo.

Et de nouveau, les jours de congé, il se rendait tantôt à Sokolniki, tantôt à Serebriany Bor. Il cherchait toujours à associer l'homme et la nature, mais la dimension de l'homme et celle de la nature refusaient de se concilier. Parfois, quand des gens venaient rendre visite aux arbres, il parvenait à saisir dans son objectif le contact muet d'un homme et d'un arbre, d'un homme et d'un buisson, ou bien un homme dormant sur l'herbe. C'était comme si le paysage s'amenuisait et accordait ses faveurs à l'être humain.

Kotov examinait ses photos, il couinait, grommelait et lui faisait de temps en temps des compliments. Il lui disait qu'il devait apprendre à maîtriser le tirage des grands formats mais, dans le club, il n'y avait pas l'équipement nécessaire.

C'est alors que se produisit un événement majeur : Séménovna, la voisine qui lui apportait autrefois ses repas, mourut, et sa pièce de douze mètres carrés revint à sa mère. Pour être franc, elle profita d'un passe-droit – ce n'était pas pour rien qu'elle travaillait au syndic de l'immeuble. À l'époque, on n'évacuait pas encore les appartements communautaires, mais on n'y installait pas non plus de nouveaux habitants. On trimbala les affaires moisies de Séménovna jusqu'à la décharge, et Tolia installa son laboratoire photo dans cette pièce. Par chance, elle avait une cloison mitoyenne avec la cuisine, et il put y raccorder l'eau.

À présent, il avait un nouvel emploi du temps : il ne passait plus toutes ses journées sur les monts Lénine, mais s'y rendait aux horaires fixés par Kotov – trois fois par semaine, pendant six heures. Ce fut aussi Kotov qui le mit en rapport avec la rédaction de la revue *Nature*, dont il devint collaborateur en free-lance. Il partait en mission pour eux, il prenait des photos de paysages qu'on lui commandait et faisait parfois des reportages photo pour des laboratoires ou des associations de chasseurs. Peu à peu, il se mit même à lire cette revue. Il y avait là la chimie, la biologie et la physique qu'il n'avait pas fini d'apprendre à l'école. Et, bizarrement, cela avait un lien avec ce qu'il savait faire, avec la photographie…

Il voyageait beaucoup à travers le pays, on l'envoyait en Bouriatie, sur la mer Caspienne, dans l'Altaï. C'est ainsi qu'il retourna dans le massif du Pamir, cette fois avec un appareil photo. Généralement, il partait prendre des photos tout seul, comme un chasseur chevronné qui traque sa proie au petit matin, et il déambulait en attendant le coup au cœur : voilà, c'est ici ! Il mettait longtemps à se familiariser avec les lieux, car il connaissait un secret insaisissable : il savait cadrer de façon juste. Et il photographiait, il n'arrêtait pas de photographier. Plus que tout au monde, il aimait photographier les paysages.

Ces photos plaisaient beaucoup, ceux qui lui avaient passé des commandes les achetaient toujours, parfois, elles étaient envoyées dans des expositions, et maintenant, Kotov était aussi fier de son élève que Tolik l'était autrefois de son professeur.

Comme il gagnait davantage d'argent, il économisa pour s'acheter un nouvel appareil, un ZEISS IKON CONTAX avec un superbe objectif biotar f/2 58 mm, et ce fut un événement qui bouleversa sa vie, comme peut le faire un déménagement dans une autre ville, un mariage ou la naissance d'un enfant. Il y avait dans ses sentiments pour ce nouvel appareil photo une pointe de gêne à l'égard de l'ancien, comme envers une première femme que l'on abandonne pour une nouvelle, plus jeune et plus jolie. Même si ce deuxième amour n'abolissait pas le premier.

Tolia avait atteint un moment de sa vie où il avait cessé d'être à la traîne ou dans la moyenne, il occupait désormais une place digne de respect parmi les professionnels. Et s'il vivait toujours dans le même appartement communautaire avec sa mère, dans la même rue Marosseïka, s'il mangeait toujours la même nourriture qu'elle n'avait jamais appris à cuisiner, s'il usait toujours ses vêtements jusqu'à la corde et n'en achetait de neufs que par nécessité, il avait rassemblé toute une collection d'appareils photo. Il n'avait besoin de rien d'autre. Et de personne d'autre.

Ses relations presque sans paroles avec sa mère, avec Kotov et avec quelques-uns de ses employeurs le satisfaisaient pleinement. Tout comme dans son adolescence, il n'avait pas d'amis, ni hommes ni femmes. Il ne regardait attentivement les visages féminins que dans son viseur, d'ailleurs c'était uniquement à l'intérieur de ce petit œil que se produisait ce qu'il y avait de plus intéressant dans la vie.

Il participait de temps en temps à des expositions et une fois, par miracle, ses œuvres se retrouvèrent en France – sans lui, il est vrai. Mais il recevait à présent des commandes intéressantes. En plus de la revue *Nature*, dans laquelle il publiait désormais régulièrement, on lui proposait de prendre part à toutes sortes de projets passionnants liés tantôt à l'Exposition des réalisations nationales, tantôt au théâtre. Il reçut plusieurs fois des prix à divers concours.

Il aimait tous les projets nouveaux, tout ce qu'il n'avait pas encore expérimenté. Une fois, il avait travaillé avec des biologistes, il les avait aidés à filmer divers oiseaux, leurs mœurs, leurs disputes, leurs amours et leur mort, avec des caméras dissimulées dans des endroits secrets. Cela lui avait rappelé le couple de corneilles qui l'avait tant fasciné dans son enfance. La fenêtre de la chambre qu'il occupait à présent donnait de l'autre côté, non sur la cour, mais sur la rue, et était en grande partie couverte par des stores foncés. Une autre fois, on lui proposa de faire des photos dans un théâtre, c'était quelque chose de complètement différent, mais cela l'intéressait davantage de travailler sur des oiseaux, et puis les visages des acteurs ne le bouleversaient pas autant que ceux qu'il y avait sur les vieilles photos qui provenaient toutes du même atelier de photos à Kiev, sur le Krechtchatik. Maintenant, il connaissait à la perfection la façon dont ces maîtres travaillaient – tout tenait bien sûr à l'argent que l'on n'utilisait plus depuis longtemps. D'ailleurs personne n'avait plus besoin d'une telle qualité. L'acte de photographier, qui était autrefois un événement en soi, s'était dévoyé et terriblement simplifié, les photos altières et de qualité supérieure du début du vingtième siècle avaient été remplacées par de la camelote d'amateurs floue produite en quantités fabuleuses.

Les revenus de Tolik étaient devenus conséquents, et il demanda à sa mère si elle n'avait pas envie d'arrêter de travailler. Elle refusa : je ferais quoi, alors ? Je te préparerais à manger ? Si tu te mariais, je m'occuperais de mes petits-enfants...

La question tombait à pic. Il venait justement de faire la connaissance de Léna, une petite main de l'atelier de couture d'un théâtre, qui examinait sérieusement sa candidature. Elle était plus âgée que lui, avec un enfant à charge mais, ce qui troublait Tolik, ce n'était pas l'enfant, ni même l'âge de la jeune femme, c'était la peur du changement : Léna était divorcée, elle habitait dans une lointaine banlieue, et voudrait certainement emménager chez lui. Mais aucun voisin n'était disposé à mourir, et il n'y avait aucune autre pièce libre en perspective. Il s'était même mis à économiser pour acheter sur plan un appartement en coopérative, mais le processus avançait assez lentement. Entre-temps, le bonheur avait souri à Léna, et elle épousa un veuf pourvu d'un grand appartement. Si bien que l'histoire d'amour plutôt bancale de Tolik se résorba d'elle-même.

Vers l'âge de trente ans, il commença à éprouver une fatigue comme il n'en avait jamais connu auparavant, il avait même un peu de mal à trimbaler son appareil. Sa mère, qui regardait habituellement ailleurs ou ne le voyait même pas, remarqua qu'il avait mauvaise mine. Mais lui, c'était autre chose qui le consternait : il s'était rendu compte que sa main gauche tremblait légèrement, il avait des pertes d'équilibre et ressentait un manque d'assurance. Au début, il lui sembla qu'il devait se résigner, que cela allait passer tout seul, mais le tremblement de sa main gauche ne disparaissait pas, pire encore, au bout de six mois, il se transmit à la main droite. Ce tremblement dégradant commença même à gagner son menton, il n'y avait plus seulement sa mère qui le remarquait, les autres gens aussi. C'était peut-être vraiment une maladie ?

Il alla voir un médecin au bout de deux ans, quand sa santé se fut complètement détériorée. À présent, il marchait aussi sans assurance, à tout petits pas... En son for intérieur, il notait le caractère injuste de sa maladie : cela aurait pu tomber sur son ventre, sur sa tête, ou même sur ses jambes, mais ces tremblements l'empêchaient de travailler, et cela le navrait. Il ne se plaignait pas, même à sa mère, mais par moments, il restait assis, plongé dans l'hébétude, à attendre que cet état passe. Il se rendrait alors à la rédaction pour prendre une nouvelle commande. Et les années s'écoulèrent ainsi les unes après les autres. Les médicaments prescrits n'avaient aucun effet. L'argent qu'il avait jadis économisé pour l'appartement ne s'épuisait pas. Ils vivaient modestement, comme toujours. Il avait parfois des commandes, mais il lui était de plus en plus difficile de s'en acquitter. Il avait cessé d'avoir confiance tant en lui-même qu'en ses mains tremblantes.

Il restait des semaines sans mettre le pied dehors. Parfois, il avait l'intention de se lever et de sortir, juste pour se promener dans les jardins des Étangs-purs. Mais il oubliait vite ses intentions, il s'asseyait à sa table de travail dans sa chambre où il ne travaillait plus, il somnolait, se réveillait, s'assoupissait de nouveau. Des photos de paysages étaient étalées devant lui. Il les regardait.

Ses mains avaient complètement cessé de lui obéir. Il

n'arrivait même plus à tenir une cuillère. Désormais, sa mère le nourrissait comme un bébé. Avant de partir travailler, elle lui enfilait une chemise, il demandait qu'elle lui mette aussi un costume. Et ses chaussures. Il n'arrivait absolument pas à se débrouiller avec les lacets, et elle les lui nouait elle-même. Il avait toujours l'intention de se rendre à la rédaction de la revue *Nature*, mais il n'y parvenait jamais. Il avait des insomnies, il avait du mal à s'endormir et passait toute la nuit à aller aux toilettes en traînant des pieds. Au matin, il commençait à avoir sommeil, et s'assoupissait sur sa chaise, tout habillé, avec ses chaussures. Et quand il se réveillait, il remettait sa sortie au lendemain, ou bien il avait complètement oublié ce qu'il voulait faire.

Valentina faisait preuve d'une grande patience. La patience lui tenait lieu d'amour. Tolik non plus ne savait pas grand-chose de l'amour, mais la gratitude, cette voisine de l'amour, il savait ce que c'était. Lui aussi, il avait beaucoup de patience, comme sa mère. Il en faisait preuve envers sa maladie : il ne se mettait pas en colère et ne se plaignait pas, il était juste étonné.

Il examinait pendant des heures ses photos de paysages. Toutes celles qu'il avait prises dans sa vie. Certaines publiées. Mais aussi beaucoup qui ne l'avaient jamais été. Il regardait pendant des heures un sentier qui serpentait dans une forêt, on aurait dit qu'il avait été photographié de bas en haut, si bien qu'au lieu de disparaître parmi les arbres il montait vers le ciel. Il regardait les dunes qu'il avait photographiées dans la réserve de Repetek, dans le désert du Karakoum, elles ressemblaient à des vagues, mais à la différence des vagues de la mer, elles bougeaient lentement, très lentement, et leur mouvement était perceptible uniquement à cause du délicat voile de sable qui s'envolait de leurs crêtes effilées légèrement inclinées vers le bas. On avait envie de tendre la main pour recueillir une poignée de ce sable croustillant d'une extrême blancheur... Là, c'était le versant d'une montagne à Krasnaïa Poliana, où il était allé à peine cinq ans plus tôt, son dernier grand voyage. Ou alors c'était en Crimée ? Il avait pris des photos dans la réserve de Karadag et ensuite les paysages du Pamir. La Crimée lui avait paru si vieille, si décatie. C'était le cas, d'ailleurs...

Ce qu'il aimait le plus, c'était regarder des photos du Pamir. Ce Pamir qui ne pouvait se comparer à rien. Une pente d'abord douce qui devenait escarpée, avec, à la fin, une courbure, un tournant et, au loin, la dentelure resplendissante des montagnes. S'il avait pu se retrouver là-bas, dans ce monde tout blanc, et aller jusqu'à ce tournant après lequel, il le savait, il y en avait un autre, puis encore un autre... Non, non, jamais un paysage n'accepte d'accueillir l'homme, il n'a pas été inventé par la nature pour que l'homme le piétine, qu'il y laisse ses traces et les résidus de sa présence, de son haleine impure.

Mais ce chemin était familier, il l'avait parcouru. C'était son poste-frontière. En prenant cette route, à l'époque, il arrivait jusqu'à un arbre solitaire. Le voilà, sur une photo. Un mûrier. Puis la route amorçait un virage plein de promesses, et on découvrait un nouveau panorama, à la fois attendu et inattendu, comme toujours en montagne.

Son regard intérieur l'amena jusqu'au tournant suivant. C'était étonnant, il n'avait pas fait une seule photo là-bas, mais il se souvenait de tout. Il vit une boîte de conserve rouillée, les ossements blanchis d'un cheval... Un seau cabossé... Il donna un coup de pied dedans et ressentit une douleur aux orteils. Il se pencha et les toucha. Il ne s'était pas blessé. Mais pourquoi était-il pieds nus ? Les doigts de ses mains ne tremblaient plus, mais il ne le remarqua même pas. Cela n'avait pas d'importance.

Devant lui s'échelonnaient les pics pointus des montagnes, suivant l'ordre dans lequel ils avaient été disposés au début des temps : deux l'un à côté de l'autre, un gouffre, un grand pic, quatre petits... Et derrière, encore une rangée, très haute, celle-là. Et, au-dessus de tout cela, des nuages, compacts comme de la crème glacée, c'était comme si on les regardait d'en haut, d'un avion. Non, ce n'était pas Krasnaïa Poliana ni le Caucase, c'étaient des vues du Pamir, bien sûr...

Tolik marchait d'un pas léger sur ce sentier caillouteux. Le sentier devenait de plus en plus raide, et il était de plus en plus facile d'avancer. Les montagnes se rapprochaient à toute vitesse, comme dans un film, et il voyait déjà les crêtes suivantes, qui n'étaient jamais visibles du poste-frontière. Le paysage l'invitait à le rejoindre, et il sentait qu'il allait enfin pouvoir pénétrer à l'intérieur. Le paysage l'accueillait. Et, le plus bizarre, c'est qu'il n'y avait aucun cadre. Il n'était plus nécessaire, maintenant.

Valentina entra dans la chambre de Tolik. Il n'était pas là. Elle l'appela, à tout hasard. Où était-il passé ? Son manteau était accroché au portemanteau depuis longtemps, il n'aurait même pas pu le décrocher, ses bras ne se levaient pas aussi haut. Elle se fraya un passage, tout était encombré par son bric-à-brac poussiéreux. Et le plus étonnant, c'est que son pantalon, son vieux veston et sa chemise déboutonnée se trouvaient sur la chaise. Elle ramassa ces vêtements et les secoua légèrement. Le tricot de corps tomba de la chemise. Ses chaussures se trouvaient sous la table. Lacées. Avec, dans chacune d'elles, une chaussette. L'une des chaussettes était reprisée.

# *Ava*

À la fin de l'année 1944, Éléna Mikhaïlovna, qui travaillait sur le chantier de construction du métro, avait reçu un cadeau provenant du prêt-bail américain. Comme la queue était longue et qu'elle était arrivée en retard, il n'y avait plus de poudre d'œuf, ni de corned-beef dans des boîtes de conserve noires et dorées, ni de chocolat, et elle n'avait eu droit qu'à un jouet d'enfant provenant d'une grande caisse décorée d'un aigle planant au-dessus d'un navire. Ce jouet était un chien en peluche, ou plutôt un chiot aux longs poils d'un gris sale, avec une petite queue dressée, des oreilles qui pendouillaient et des yeux en boutons de culotte. Ce chien était une petite bricole de rien du tout parmi tous les dons du prêt-bail, car le reste des dix-sept milliards de dollars américains étaient allés à des avions, des camions Willis et autres équipements indispensables à l'Armée rouge. Mais sa petite-fille Mila ne savait rien de tout cela et fut très contente du chien. Elle n'avait pas encore deux ans, mais c'était une petite fille intelligente, elle s'en empara, le serra contre son cœur et dit : « Av-va. »

Ce fut le premier nom de ce petit chien qui allait connaître une vie très longue et très heureuse.

De l'âge de deux ans à l'âge de dix-sept ans, Mila s'endormit avec Ava sur son oreiller, en lui chuchotant à l'oreille tous ses chagrins et toutes ses joies. Surtout ses chagrins. Ava dispensa cette aide psychologique à sa maîtresse pendant de nombreuses années, mais à partir de dix-sept ans, Mila préféra avoir sur son oreiller non plus un chien totalement asexué, mais une créature du sexe opposé qui, sur le chapitre du réconfort, l'emportait de loin sur le petit chien. Ava déménagea alors dans une autre pièce du grand appartement où vivaient les cousins de Mila, qui venaient d'atteindre l'âge où les enfants commencent à s'intéresser aux chiens.

Au début, les jumeaux Pétia et Pavlik, qui étaient eux aussi des petits-enfants d'Éléna Mikhaïlovna, s'étaient férocement battus à cause de ce chien, chacun ayant envie de jouer avec justement au moment où son frère posait la main dessus. Le chien reçut alors deux noms à la fois : Pavlik l'appela Alma et Pétia, Rex. Pavlik en fit un chien sanitaire, il lui mettait à la patte un anneau en papier avec une croix rouge et rampait sur un champ de bataille imaginaire à la recherche de soldats blessés. Pétia, lui, jouait au garde-frontière, et Rex lui était indispensable pour surveiller la frontière et attraper les espions. Il dessinait à la craie une large bande sur le sol, prenait un plaisir voluptueux à capturer son frère lorsque celui-ci franchissait la ligne crayeuse et lui flanquait un coup de poing.

Leur mère finit par acheter un deuxième chien en

peluche, mais Alma-Rex restait une pomme de discorde. Le chien tout neuf, celui qu'on avait acheté, était peut-être mieux, mais les frères aimaient l'autre avec toute la passion d'un premier amour. Ils se disputaient parfois avant de se coucher au point de verser des torrents de larmes, chacun voulant absolument s'endormir à côté d'Alma-Rex. Les larmes du soir sont, comme chacun sait, propices à un endormissement rapide.

Quand l'intérêt pour les voitures remplaça l'attachement aux jouets en peluche, ils offrirent d'un cœur léger le chien au double nom à Sacha, la fille de Mila et l'arrière-petite-fille de la défunte Éléna Mikhaïlovna.

En regardant cet Ava fortement défraîchi, Mila songea avec tristesse que cela faisait vingt ans que sa grand-mère Éléna n'était plus là, sa mère aussi était morte assez jeune il n'y avait pas si longtemps, alors que les objets, eux, sont presque impérissables. Sur quoi elle avait porté le chien à la teinturerie. C'était à présent un chien un peu décati, mais tout propre, et sa fille Sacha lui donna un nouveau nom : Koutia.

Mila souriait en regardant Sacha murmurer à l'oreille de son nouveau jouet. Koutia remplissait consciencieusement son office de chien : il suivait sa nouvelle maîtresse à travers l'appartement au bout d'une ficelle, puis il sortit se promener dans la cour avec elle. Et, bien entendu, il était devenu son partenaire nocturne. Il restait couché sur l'oreiller à côté d'elle, la fillette le bordait de tous les côtés et lui confiait tous ses secrets sans prétention. Il y avait en outre dans le contact de la peluche quelque chose de particulièrement soporifique, surtout durant les semaines où la fillette était malade. C'était sous son museau que l'on fourrait d'abord les mixtures et les cachets avant de les faire avaler à Sacha.

Vers l'âge de dix ans, Sacha demanda, supplia et finalement exigea qu'on lui achète un vrai chien. Mila, qui était une adversaire modérée des animaux domestiques, finit par céder. On acheta Brom, un petit caniche gris. Il faisait ses besoins dans les coins, mordillait les chaussures et refusait de rentrer à la maison quand on allait le promener, il tirait sur sa laisse et essayait de s'enfuir. Et il ne supportait pas qu'on le déguise – le jeu préféré de Sacha auquel Koutia se prêtait avec tant d'indulgence. Il était impossible de lui mettre une écharpe ou un bonnet et de l'envelopper dans un châle. Il était même capable de vous mordre ! Un jour, il arracha l'un des yeux de Koutia, ce qui chagrina énormément Sacha et aussi sa mère, d'autant qu'il avait définitivement ingurgité l'œil en question. De plus, Brom avait jeté son dévolu sur la place de Koutia, il sautait sur le lit de Sacha et montrait les dents quand on l'en chassait. Il fut la cause de beaucoup de tracas, mais au bout d'un mois, il attrapa la maladie de Carré et, en dépit de soins intensifs, il mourut, causant ainsi à Sacha son premier grand chagrin… La petite fille déjà grande pleura Brom en serrant contre son cœur l'indéfectible Koutia. Il ne restait plus désormais à la maison que ce Koutia qui ne causait de tracas à personne, même potentiellement : aucune maladie de Carré ne le menaçait, et il supportait patiemment n'importe quel bal costumé.

À la place de l'œil avalé et perdu, Sacha avait cousu de ses propres mains, un peu de travers, mais solidement, un bouton qui ne ressemblait guère au bouton avalé. Maintenant, Koutia avait un œil américain, en verre, avec une pupille noire au milieu, et un second un peu plus grand, d'un bleu nacré. Après cette intervention, Sacha se prit pour son jouet d'un amour encore plus fort, il devint encore plus cher à son cœur.

À douze ans, elle commença à prendre des cours de ping-pong et d'anglais et se mit à aller à la piscine, elle n'avait plus le temps de jouer. Mais, bien qu'il n'y eût plus de goûter pour poupées ni de déguisement pour chien, Koutia continuait à vivre dans son lit. Ce n'était plus un jeune chiot, mais un individu d'un âge tout à fait respectable. Il allait entrer dans sa septième décennie quand débuta le nouveau siècle.

Sacha grandissait, elle termina ses études secondaires, s'inscrivit dans un institut et, en troisième année, vécut une liaison tumultueuse avec un de ses condisciples. Le chien fut rangé dans un placard en compagnie de la vieille pelisse en astrakan d'Éléna Mikhaïlovna. Une fois de plus, Koutia céda sa place sur l'oreiller…

Entre-temps, l'appartement avait cessé d'être communautaire et familial, les cousins de Mila avaient fait construire un appartement coopératif et avaient déménagé. Mila et son mari avaient pris une part matérielle à la construction de cet appartement et, à titre de compensation, ils reçurent de ces cousins la moitié du terrain à la campagne qu'ils avaient hérité ensemble d'Éléna Mikhaïlovna. Si bien qu'à présent Mila était la seule propriétaire d'un terrain de six cents mètres carrés et d'une petite maison de deux pièces.

Elle transporta dans cette datcha, désormais désertée par ses cousins, le bric-à-brac accumulé dans son appartement depuis des années, ainsi que tous les objets hors d'usage qu'elle ne pouvait se résoudre à jeter, retenue par les habitudes d'une existence perpétuellement désargentée. Désormais, Sacha avait tout ce qu'il fallait : une chambre à elle, une datcha et un diplôme de l'institut Plekhanov. Et elle se maria avec le condisciple qui avait autrefois pris la place de Koutia.

Le premier été, son mari Kirill et elle passèrent un mois entier à la datcha, où ils s'attelèrent avec zèle à l'aménagement de leur petit nid d'été. Il s'avéra que son Kirill était un bricoleur, et il prenait plaisir à faire ces travaux. Tout le bric-à-brac fut transporté jusqu'à la remise dans trois valises en contreplaqué antédiluviennes, les murs de la maison furent débarrassés de leurs vieux papiers peints aux roses ultradémodées, et on en posa de nouveaux, avec de joyeuses rayures et des petits oiseaux. Kirill refit toute l'installation électrique, il installa même l'électricité dans la remise. Et c'est justement dans cette remise que se produisit un accident. Quand ils retournèrent en ville à la fin du mois d'août, on était en train de faire des travaux dans le village. À la suite d'un dysfonctionnement dans le système électrique, il y eut un court-circuit, et la remise prit feu. Les habitants du village appelèrent tout de suite les pompiers, mais le temps qu'ils arrivent, la remise avait entièrement brûlé, avec toutes les valises qu'on y avait transportées. Le chien Koutia avait péri par le feu d'une mort rapide en même temps que la vieille pelisse d'Éléna Mikhaïlovna et autres vieilleries.

Cela s'était arrêté là. La maison n'avait pas souffert, et le feu n'avait pas gagné les datchas voisines.

En apprenant l'incendie, Mila fut d'abord consternée, puis, quand on l'informa que seule la remise avait brûlé, elle se consola. Elle ne se souvenait même pas ce qu'il y avait dedans. Elle ne pensa pas au chien.

Kirill termina les travaux l'été suivant et, en juillet, le jeune couple eut un fils, le petit Andreï. Un beau bébé aux yeux bleus. Tout allait bien, il tétait de bon appétit et prenait du poids, ses joues s'arrondissaient et un drôle de petit toupet de cheveux grisâtres lui poussait sur la tête. Vers l'âge de six mois, ses yeux changèrent de couleur, comme cela se produit d'habitude, ils passèrent d'un bleu laiteux à la couleur adulte qui allait leur rester toute la vie. C'est alors que l'on remarqua une particularité curieuse : l'un des yeux d'Andrioucha avait foncé, de bleu il était devenu marron, comme les yeux de son père, tandis que l'autre conservait son bleu de bébé. On s'inquiéta, on consulta des médecins. L'ophtalmologiste leur dit que cela arrivait parfois et que cela n'avait aucune incidence sur la vue. Ce phénomène s'appelle l'hétérochromie. Pour le reste, le petit Andrioucha était un enfant gai et en parfaite santé, affectueux, avec un excellent caractère.

Lorsque Andrioucha eut quinze ans (tout le monde s'était habitué à ses yeux de couleur différente et ils ne suscitaient aucun intérêt particulier), Sacha, sa maman, un ingénieur normal avec une vision du monde soviétique normale, divorça de Kirill et tomba sous l'influence d'un amateur de samizdats, autrement dit de littérature interdite. Elle plongea avec lui dans l'espace inexploré de la philosophie religieuse russe. Elle avait déjà beaucoup lu quand le livre *La Rose du Monde,* de Daniil Andreïev, lui tomba entre les mains. Elle fut émue par le destin étonnant de cet auteur. Et se rendit compte qu'il y avait bien des choses qu'elle ignorait concernant le processus historique présenté de façon si structurée dans toutes sortes de sciences sociales.

Andreïev avait été arrêté en 1947, il avait été jugé et condamné à vingt-cinq ans selon le fameux article 58. Il avait purgé une partie de sa peine en isolement dans une cellule de la centrale de Vladimir, une prison pour criminels particulièrement dangereux. Il était autorisé à écrire et, durant ces années, il avait rédigé une multitude d'œuvres littéraires dans lesquelles se conjuguaient l'audace de la pensée, la puissance de l'imagination et une inoffensive folie.

Dans sa *Rose du Monde,* un ouvrage aussi divertissant qu'un conte de fées, il décrit un monde créé par son imagination inspirée, rempli de diverses créatures spirituelles fantastiques – les igvy, les ouitsraory, les ryfry, les velgui et autres rarouggi. Ce qui donnait quelque chose de très particulier, destiné aux amateurs de philosophie ésotérique.

Cette fameuse *Rose* marqua profondément l'âme d'ingénieur de Sacha et ébranla les installations rouillées de la saine machinerie du marxisme-léninisme. Daniil Andreïev entraîna Sacha sur une voie nouvelle et fascinante.

Il avait été gratifié, entre autres, d'un savoir sur l'origine des âmes. Jusque-là, cette question n'avait guère préoccupé Sacha, elle ignorait même qu'une telle question existât. Daniil Andreïev lui ouvrit les yeux. Au terme d'un interrogatoire acharné mené par ce prisonnier à l'esprit curieux auprès des forces supérieures pour savoir comment les âmes sont apparues dans notre monde (ont-elles été créées toutes en même temps par le Seigneur Dieu et descendent-elles dans le monde au gré des besoins, dès qu'un corps de nouveau-né se met à piailler, ou bien cette création d'âmes se produit-elle continuellement, à chaque grossesse ?), il avait reçu d'en haut une réponse assez ambiguë : de façon générale, toutes les âmes (dans son lexique, cela s'appelait des « monades ») avaient été créées au même moment, il en existait une immense réserve, pour tout le temps que durerait l'humanité, mais, à côté de cela, il subsistait aussi un mince flux de production de nouvelles monades, par accumulation et concentration d'amour. Si, par exemple, l'amour d'un enfant est dirigé avec intensité vers un objet inanimé, disons sur un chien en peluche, et si ce courant est bien orienté et puissant, alors, après l'anéantissement physique de cet objet, l'amour ainsi accumulé se concentre pour former une nouvelle monade qui descend sur notre globe terrestre.

« Mais… Il parle de notre Koutia ! » se dit Sacha avec enthousiasme. Et elle eut l'absolue conviction que l'âme de leur Andrioucha aux yeux vairons et le destin du petit chien aux multiples noms, qui avait été le jouet préféré de plusieurs générations d'enfants, étaient liés par un nœud mystique. Sinon, comment expliquer la différence de couleur de ses yeux ? Et n'était-il pas étonnant que, mus par une sorte d'intuition, ils aient prénommé leur petit garçon Andreï ? N'était-ce pas en mémoire d'Andreïev ?

Quant au fait que cette théorie n'était pas très vraisemblable, cela ne la dérangeait pas le moins du monde.

## *L'autopsie*

Kogan aimait son abominable travail, et en particulier ceux de ses morts qui s'en étaient allés en temps et en heure – âgés, exténués par la vie, chauves, ayant perdu leur vigoureuse pilosité aux aisselles et à l'aine, avec leurs pieds calleux usés par la marche et couverts de durillons, leurs seins et leurs testicules qui pendouillaient. Tout en enfilant lentement ses gants de protection en cotte de mailles, il examinait le corps pétrifié, ce livre qui n'avait pas encore été lu, et se faisait une première impression superficielle en portant sur le cadavre une appréciation fondée sur un critère connu de lui seul – le défunt était-il mort à son heure, ou bien n'avait-il pas atteint la limite de la vie qui lui avait été impartie par la nature ? Ceux qui avaient dépassé de beaucoup cette limite, il les appelait « les oubliés », et il se demandait avec inquiétude s'il n'en ferait pas lui-même partie. Il n'aimait pas disséquer des enfants et des jeunes femmes, accordant la préférence à son contingent légitime et sûr.

La première femme de Kogan, une gynécologue, lui avait dit peu avant leur divorce une phrase qu'il n'avait jamais oubliée : seul un type atteint d'une pathologie peut choisir la profession d'anatomopathologiste. Une remarque idiote et bien féminine : selon Kogan, un anatomopathologiste était un prêtre de la matérialité pure, le dernier à nettoyer le temple que l'âme vient de quitter. En revanche, sa seconde femme, Ninotchka, elle, était bibliothécaire et connaissait à peine le mot « autopsie ». Et c'était très bien comme ça.

D'ordinaire, une dissection scrupuleuse durait deux heures, ce qui lui donnait le temps de lire l'histoire d'une vie comme les médecins soignants lisent l'histoire d'une maladie. Son œil avisé voyait, dans le corps étalé sur la table en zinc, l'enfant maigrichon ou un peu grassouillet avec toutes ses rougeoles et ses scarlatines, sa crise de puberté, ses fractures consolidées et ses menus traumatismes…

Dans la majorité des cas, il confirmait le diagnostic sur la cause de la mort, mais il arrivait parfois que le livre ouvert d'un cadavre raconte des histoires inattendues, comme cet homme de cinquante ans mort d'un infarctus qui avait à l'intestin une tumeur non diagnostiquée au dernier stade, ou bien cet acteur célèbre victime d'un accident de voiture, dont les artères étaient dans un tel état que l'accident lui avait épargné un AVC inéluctable et imminent, ou encore cette suicidée atteinte d'une leucémie qui n'avait pas encore été décelée… C'était comme si plusieurs maladies avaient été en compétition dans le corps encore vivant, et ce n'était pas toujours la plus forte qui avait gagné.

Kogan était l'un des plus anciens parmi les anatomo-pathologistes, il était à la retraite depuis longtemps, mais on l'appelait de temps en temps pour des cas particulièrement complexes, pour des autopsies et des expertises médico-légales. Cette fois, on lui avait téléphoné un vendredi, mais il était déjà parti à la datcha et n'avait pas voulu revenir. Un de ses anciens élèves, médecin-chef d'un énorme hôpital moscovite, une véritable ville médicale, lui avait demandé de passer le lundi, car le cas était si singulier et si troublant qu'il serait bien que ce soit lui, Kogan, qui l'examine en premier, avant l'arrivée des enquêteurs.

Sur la table était allongé un jeune homme assez maigre d'une constitution irréprochable, l'épiderme était d'un blanc de marbre légèrement jaunâtre, il avait une blessure au couteau à la cage thoracique, une multitude d'ecchymoses sur le visage, des écorchures sur le front et les pieds fracturés.

L'employé de la morgue, le vieil infirmier Ivan Trophimovitch, s'approcha et baragouina quelque chose d'incompréhensible. Ces dernières années, Kogan avait l'ouïe qui baissait, et les gens qui marmonnaient dans leur barbe de façon indistincte l'agaçaient. Il grommela quelque chose, l'infirmier hocha la tête, et fit basculer le cadavre sur le côté si bien qu'une partie de son dos devint visible : des deux côtés de la colonne vertébrale, à la hauteur des troisième et cinquième côtes, parallèlement aux omoplates, il y avait deux trous béants, deux entailles bizarres qui semblaient avoir été faites après la mort. L'infirmier recommença à grommeler quelque chose d'indistinct, et Kogan, tout en effleurant une des étranges entailles, aboya :

« Parlez plus fort, Ivan Trophimovitch, je n'entends pas bien ! Quelqu'un a-t-il touché au cadavre ?

— Non, on l'a apporté comme ça vendredi... Moi-même, je suis très surpris.

— Bon, on va voir ça », bougonna Kogan.

Il regarda le dossier médical et hocha la tête. Le patient avait été amené à l'hôpital par les urgences le vendredi à vingt-deux heures quarante-cinq, et il était décédé une heure plus tard. La mort avait vraisemblablement été causée par la blessure au couteau.

Kogan considéra les instruments disposés devant lui. Tout l'attirail : un scalpel, une scie, un costotome, un craniotome, un écarteur. Il commença par le crâne, comme c'est l'usage.

Au bout de deux heures et demie, il signa le rapport d'autopsie. La mort avait résulté de la blessure au couteau et de l'hémorragie qui s'était ensuivie, les coups et les légères blessures au crâne, de même que les pieds fracassés, ne pouvaient avoir entraîné la mort.

Il rentra chez lui accablé et absolument épuisé, en ayant pris la ferme décision que c'était la dernière autopsie qu'il faisait de sa vie. Les deux entailles symétriques sur le dos du mort ne lui sortaient pas de la tête. Il connaissait à la perfection l'anatomie du corps humain, mais ces deux poches nichées au fond des entailles, ces sachets souples dont la fonction était inconnue, c'était la première fois qu'il rencontrait ça en soixante ans de pratique.

Kogan était un médecin à l'esprit large et à l'intelligence rationnelle, nullement enclin aux divagations métaphysiques, mais l'anatomie de ce défunt entraînait ses pensées du côté des romans fantastiques à la mode au siècle dernier, parlant d'extraterrestres et de visiteurs venus d'ailleurs, ou même du côté d'une séduisante mythologie pour écoliers. Il était troublé et désorienté.

Cela faisait deux jours que Maria Akimovna était assise sur un banc dans le square de l'hôpital. Elle commençait par attendre devant le guichet de l'accueil et, quand il fermait, elle sortait et s'asseyait sur le banc.

Son fils Vsévolod, Volia, était allé à un concert le vendredi soir, comme d'habitude, et il n'était pas revenu. Le samedi matin, son ami Micha, un pianiste avec lequel il jouait souvent, avait téléphoné et avait demandé si Volia était là.

« Je suis inquiète, Micha, il n'est pas rentré, et il ne m'a pas prévenue.

— J'arrive tout de suite », avait répondu Micha.

Une heure après cette conversation téléphonique, il avait débarqué chez Maria Akimovna, rue Délégatskaïa, avec le nez de travers et une ecchymose sur la moitié du visage.

« Quand nous sommes sortis hier soir, après le concert, des types sont arrivés sur trois motos, des musiciens, eux aussi, des durs... Ils ne nous aiment pas du tout. Depuis longtemps. Ils ont commencé par s'en prendre à Volia et lui ont arraché son étui des mains, il a voulu les rattraper et un autre type lui a carrément roulé sur les pieds avec sa moto, il est tombé, mais là, j'ai reçu un coup dans l'œil et je suis tombé, moi aussi. Ensuite, je n'ai plus rien vu. Apparemment, des passants ont appelé les urgences, quant à Nadia et Dacha, je ne sais pas où elles sont passées. Je les ai appelées ce matin, mais cela ne répond pas. Il faut téléphoner, tout de suite... »

Et Micha s'était mis à donner des coups de fil pour savoir dans quel hôpital Volia avait été transporté la veille. Puis Maria Akimovna avait téléphoné à la responsable de l'église et lui avait dit qu'elle ne pourrait pas venir pour l'office du soir parce que son fils était à l'hôpital, et que ce serait bien de demander à Kirillovna ou à Zina de venir faire le ménage aujourd'hui. La responsable était une femme revêche, mais elle était bien disposée envers Maria Akimovna, qu'elle appelait Macha en raison de l'ancienneté de leurs relations, bien qu'elle la traitât de haut. D'ailleurs, à part son fils et ses amis musiciens, tout le monde la traitait de haut, mais elle ne le remarquait même pas.

Ils étaient arrivés à l'hôpital, sur la perspective Lénine, à midi. Aux urgences, on leur avait dit que Volia avait été transporté en chirurgie, et qu'ils devaient s'adresser à l'accueil. À l'accueil, une jeune femme avec un chignon orné d'un nœud avait regardé dans ses papiers et avait déclaré qu'il était mort. Maria Akimovna n'avait pas compris tout de suite, elle avait demandé si elle pouvait voir son fils…

« Non, vous ne pouvez pas. Il est à la morgue. Maintenant, ce sera possible seulement après l'autopsie, avait dit la femme au guichet. On vous remettra ses papiers dans le service… »

Micha, qui avait compris ce qui était arrivé avant Maria Akimovna, l'avait fait asseoir sur le banc et avait fondu en larmes. Maria Akimovna, assise à côté de lui, regardait fixement devant elle sans rien dire.

Sa vie s'était effondrée, c'était fini, et elle comprit qu'elle avait toujours su, toujours pressenti que cela se passerait comme ça. Toute son existence défila devant elle, depuis le début. La mort de sa mère, sa vie dans le village de Novosselovo avec son père, un prêtre froid et taciturne. Elle allait à l'école et travaillait moins bien que tout le monde, ensuite l'école avait été fermée et les enfants devaient se rendre à pied à Pless, à six kilomètres de là. Elle avait du mal à marcher aussi loin, elle était plus petite que les autres, faiblicharde et souvent malade, et son père ne l'obligeait pas à aller à l'école. Alors elle restait à la maison, elle s'occupait du poêle, préparait la soupe et le gruau. Quand elle était devenue grande, un cousin de son père, l'oncle Ossip, était arrivé de Moscou, ils avaient discuté longuement, et elle avait eu l'impression qu'ils parlaient d'elle. Le lendemain matin, son père lui avait dit que, désormais, elle vivrait en ville, chez l'oncle Ossip. Lui, il était parti dans le Nord, à Pskov, où il s'était fait moine, et Macha ne l'avait revu qu'une seule fois, à la naissance de Volia.

L'oncle Ossip, qui l'avait fait inscrire sur son passeport comme son épouse parce qu'il était vieux et ne savait pas comment lui léguer sa chambre, l'avait emmenée voir son père au monastère avec Volia. Son père ne leur avait pas dit un seul mot, il n'avait rien demandé, mais il avait baptisé le petit garçon Vsévolod, d'après le saint du jour.

Et ils étaient tous revenus à Moscou, rue Délégatskaïa, dans la pièce du grand appartement communautaire où Macha et Volia étaient à présent domiciliés. L'oncle Ossip n'avait pas tardé à mourir, et Macha s'était fait embaucher comme femme de ménage à la crèche. Elle avait passé là trois années avec Tolia, puis il avait été transféré au jardin d'enfants, et elle avait de nouveau eu de la chance, un poste de femme de ménage s'était libéré là-bas, elle avait été engagée, et ensuite, tout avait toujours marché comme sur des roulettes : elle avait suivi son fils toute sa vie, à l'école, puis au conservatoire de musique.

Volia n'était pas un enfant, c'était un ange : il ne fréquentait pas de voyous et frayait surtout avec des filles, que ce soit au jardin d'enfants ou à l'école. À l'âge de dix ans, il s'était fabriqué un pipeau, il n'arrêtait pas de souffler dedans et il s'en écoulait de tendres sonorités. À l'école, il était mauvais élève. Il n'était pas allé jusqu'au bout de ses études secondaires. Mais Macha ne se fâchait pas contre lui, elle-même n'avait pas été très loin dans ses études. Elle savait lire et écrire, mais n'avait guère l'occasion de faire ni l'un ni l'autre. Quand elle avait du temps libre, elle tricotait des écharpes et des chandails. Des pulls pour Volia.

Tout se passait à merveille : ils avaient une pièce à eux, elle recevait un salaire pas très important, mais qui tombait tous les mois. Volia se présenta au conservatoire de musique et fut admis, bien qu'il n'eût pas étudié dans une école de musique. Mais il avait beaucoup plu aux professeurs. Ils avaient déclaré qu'il avait un talent musical. Et Macha fut engagée dans cet établissement comme femme de ménage. Elle s'acquittait très bien de son travail, discrètement et sans se faire remarquer, on aurait dit que la propreté se faisait toute seule autour d'elle. Mais Volia n'alla pas jusqu'au bout de ses études de musique, il n'arrivait pas à passer les examens de sciences sociales – l'histoire du Parti, l'athéisme scientifique, l'économie politique – et il accumula tellement de points à rattraper qu'il fut exclu. Il fut aussitôt convoqué pour le service militaire, il avait l'âge. Mais il fut réformé pour raisons de santé – la commission lui avait découvert la tuberculose. Maria Akimovna s'était affolée : il avait toujours été en bonne santé, où avait-il bien pu attraper ça ? Mais un prêtre qu'elle connaissait lui avait dit : vous allez le soigner, priez et mettez votre espoir en Dieu. On lui avait donné des cachets, il les avait pris, et il avait guéri. Et il avait trouvé du travail comme menuisier dans un artel. Cela lui plaisait bien. Là, il y avait presque uniquement des invalides, ils fabriquaient des jouets, des cuillères, des écuelles. Vsévolod avait appris à travailler le bois. Et il continuait à jouer de la flûte, il jouait d'après des partitions, et aussi sans partitions – sa musique à lui. Macha aimait beaucoup quand il se mettait dans son coin et qu'il prenait sa flûte. La flûte se mettait à jouer du Haendel, du Mozart, ou une musique très simple qu'il composait lui-même, juste deux ou trois notes, mais leurs modulations se fondaient si bien les unes dans les autres que cela donnait envie tantôt de pleurer, tantôt de sourire.

C'est alors que Micha, un de ses condisciples, était passé le voir. Il avait déjà terminé ses études de piano à l'époque, et ils s'étaient mis à jouer ensemble, puis d'autres musiciens s'étaient joints à eux, Nadia, une violoniste et Dacha, une violoncelliste. Ils avaient formé un quatuor et avaient commencé à donner des concerts. Et c'était Volia le plus important. Il composait sa propre musique. Sa flûte n'arrêtait pas de pleurer et de sourire et, sans elle, le résultat n'était pas aussi bon. Mais il n'abandonnait pas son travail de menuisier, car la musique ne rapportait rien. Seulement des dépenses inutiles. Ils avaient voulu enregistrer leur musique en studio, mais les enregistrements n'avaient rien donné. On n'entendait presque pas la flûte, les autres instruments étouffaient son timbre mélodieux et toute la magie disparaissait. Les gens venaient à leurs concerts. Pas très nombreux, mais ceux qui étaient venus revenaient. Et ils amenaient d'autres gens, des gens comme eux, qui retiraient une joie particulière des antiques sonorités des trilles de la flûte. C'était une musique qui avait quelque chose d'enfantin et de transparent.

Macha restait toujours la même, elle avait juste vieilli, elle était devenue Maria Akimovna[1] et travaillait maintenant, non dans une école ou un établissement scolaire, mais comme femme de ménage dans une église, rue de Tver. On lui avait proposé de tenir la caisse des cierges, mais elle n'avait pas envie de manipuler de l'argent, elle n'était pas très bonne en calcul et avait peur de faire des erreurs ou pire – il était très facile de la rouler. Tandis qu'avec une serpillière et un seau, elle se débrouillait très bien.

Elle savait que son garçon n'était pas quelqu'un d'ordinaire, elle l'avait toujours su, il n'y avait pas en lui une once de méchanceté, tout le monde l'aimait. C'était comme s'il ne voyait pas le mal, et jusque-là, le mal ne l'avait pas remarqué. Les filles, en revanche, le remarquaient beaucoup, il plaisait à un grand nombre d'entre elles. Elles lui tournaient autour – il était libre, et dans notre ville, les hommes libres ne sont pas si nombreux que cela, il y a toujours un excédent de femmes. Il ne faisait souffrir aucune d'elles, mais il ne leur accordait aucune attention en tant que femmes, il ne leur promettait rien, et l'une après l'autre, elles finissaient par s'éloigner... Apparemment, elles cherchaient toutes à se faire épouser. Mais Maria Akimovna n'abordait jamais ce

1. Macha est le diminutif de Maria, son utilisation est réservée aux proches, c'est une façon familière de désigner quelqu'un. Alors que l'emploi du prénom et du patronyme, qui équivaut à celui de « madame », indique ici que l'âge l'a rendue respectable, et marque même un changement de statut social. *(Note de la traductrice.)*

sujet avec son fils. C'était dommage, bien sûr... Dacha était une gentille fille, et Nadia aussi.

Maria Akimovna restait donc assise sur le banc près du guichet sans verser une seule larme, tandis que Micha pleurait, à côté d'elle. Elle examinait sa vie passée et comprenait avec une clarté absolue que Volia s'en était allé comme il était venu, de façon miraculeuse. Elle ne savait pas de qui elle était tombée enceinte, d'où il était sorti, et elle ne savait pas non plus où il était parti maintenant. La seule question terrible, c'était : pourquoi l'avait-on tué ? Et qui avait fait ça ? Qui dérangeait-il ?

Micha pensait apparemment à la même chose, car il la serra dans ses bras (elle était petite, il avait une tête de plus qu'elle) en lui disant :

« C'est sa musique, tout ça, c'est à cause de sa musique. Ils ne pouvaient pas la supporter, elle les brûlait, tout simplement. C'était du feu, sa musique. Elle venait du ciel...

— Oui, oui », acquiesçait Maria Akimovna.

Elle était d'accord, sa musique venait du ciel. Elle essayait de s'en souvenir, mais elle n'y arrivait pas. Cette musique s'en était allée avec lui...

La douleur était immense, époustouflante – plus grande que tout ce que l'on pouvait imaginer. Elle se situait tout entière dans son front, et il était suspendu à elle comme une serviette à un clou. Elle possédait une pointe, cette douleur. Elle avait la forme d'un cône et se concentrait précisément dans cette pointe. Il ne restait plus rien au monde hormis cette douleur. Mais voilà qu'apparut un point minuscule et rayonnant, on aurait dit qu'il bougeait, il tournoyait légèrement et l'aspirait. Les parois du cône noir devinrent encore plus noires, et il se rendit compte qu'elles bougeaient, comme si ce point brillant les obligeait à tourner et les aspirait. Et il se sentit lui-même attiré par ce mouvement. Le point se dilatait, il en jaillissait un rayon de lumière tranchant, et il s'élança vers lui. La douleur était là, mais elle tournoyait, elle aussi, et cessait d'être aussi torturante. Dans ce point qui se dilatait surgit la note « la », il se mit tout entier à son diapason et se dirigea du côté de la lumière. Le couloir de ténèbres tournoyait, il l'oppressait, mais s'écartait aussi légèrement, il devenait pour ainsi dire plus vaste, et le mouvement en direction du point lumineux devenait de plus en plus sensible. Il était aspiré en dépit de sa volonté, mais sa volonté était elle aussi orientée dans cette direction.

C'était comme rentrer chez soi, mais avec difficulté. La pression des parois noires s'atténuait. Il était presque arrivé dans cette lumière qui ne cessait de s'amplifier. Mais la douleur revint, ce n'était plus un cône qui s'enfonçait dans son front, cette fois, elle lui fendait le dos – lancinante, comme dédoublée. Il fut projeté hors du couloir noir par une force puissante et la douleur, dans son dos, explosa puis s'évanouit. Dans un dernier effort, il déploya les grandes ailes humides qui lui avaient poussé dans le dos.

Ses jambes accomplissaient de légers mouvements, comme quand on nage paresseusement, ses bras s'étirèrent librement de tout leur long, la force ascendante des ailes l'éleva dans les airs, et il sentit que les dimensions de tout ce qui l'entourait avaient changé, le système de coordonnées auquel il était si bien habitué s'était effondré, et le son « la » s'était amplifié de façon inimaginable, comme s'il avait intégré toutes les nuances de ce qui est audible et toutes celles qui n'entraient pas dans le diapason sonore de l'oreille humaine. Il était au-dessus de la douleur, elle était restée sous ses pieds.

Ils croient qu'ils m'ont tué. Mais c'est impossible. On ne peut tuer personne. Pauvres petits enfants méchants… Il vit alors du coin de l'œil le haut de ses ailes toutes neuves, à demi transparentes et chatoyantes. Elles n'avaient pas de couleur propre, elles reflétaient la luminosité diffuse autour d'elles, elles se teintaient de rose et de vert, et les diriger était aussi facile que boire ou chanter – il suffisait du tout petit effort que l'on fait quand on marche ou quand on nage. Et il se mit à planer, savourant le mouvement, la douceur du vent et le léger frémissement de la lumière.

Pourtant je n'ai pas accompli ma tâche. Mais était-il possible de l'accomplir ? Et je ne suis pas le premier à n'avoir pu le faire. Combien y en a-t-il eu, des gens nés sans péché ? L'un parlait, mais on ne l'avait pas entendu, un autre écrivait, mais personne ne comprenait ce qu'il avait écrit, il y en avait eu un qui chantait, lui non plus, on ne l'avait pas entendu. Moi, je jouais de la flûte. Où est-elle, ma flûte ? C'est ce malheureux garçon en blouson de cuir noir qui l'a prise… Quel dommage. Mais sa flûte, il l'avait ! comprit-il soudain. Elle était glissée dans la large ceinture qui lui enserrait le corps. Il la sortit.

Une flûte à bec, en bois, tiède, avec sept orifices sur le dessus, et un trou d'octaviation au-dessous. Il la porta à ses lèvres, souffla dedans. Et elle se mit à chanter de sa plus belle voix.

Il volait à travers un monde inconnu qui se révélait de minute en minute, comme une décalcomanie qui scintille sous une couche de papier détrempé devenu inutile. Non, ce monde n'était pas inconnu. Nous avons tous vécu ici, tous... Il s'abandonna complètement au mouvement, à la mélodie, et à une pensée qui lui échappait. Elle l'invitait à la rejoindre quelque part, cette pensée inexprimée. Et il flotta dans la direction qu'elle lui suggérait. Il n'y avait aucun « d'abord », aucun « ensuite », tout se produisait au même moment, et dans une absolue plénitude. Ah, c'est donc ça, comprit-il, le temps a pris fin.

Cela faisait des années que Kogan ne dormait plus dans la chambre avec sa femme, mais couchait dans son cabinet de travail, sur un divan étroit. Le soir, il lut pendant longtemps, puis il écrivit une lettre à son fils qui s'était toqué d'on ne sait trop quels ouvrages cabalistiques. Ce fils vivait dans la petite ville de Bnei-Brak, près de Tel-Aviv, et le vieux Kogan s'évertuait à tenter d'instaurer un semblant de contact avec lui. Il écrivit ensuite à sa fille, qui était professeur dans une université américaine. Elle étudiait la psychologie moderne. De temps en temps, elle lui envoyait des liens vers ses travaux, et il lisait avec répulsion ses articles qui soulevaient en lui la même protestation que les idées de son fils. Il repensa à l'autopsie qu'il avait faite ce jour-là. Ces mystérieuses petites poches nichées dans des entailles sous les omoplates étaient incompréhensibles, leur caractère inexplicable l'agaçait et, de façon générale, cela n'entrait pas dans le cadre de ses connaissances rigoureuses et exactes.

Il regarda sa montre – il était plus de deux heures. Il alla dans la salle de bains, enleva son dentier qu'il mit dans un verre d'eau, se rinça la bouche, et urina avec une certaine difficulté. Il se coucha et s'endormit aussitôt. Mais il ne tarda pas à se réveiller. Devant lui se dressait une silhouette floue et lumineuse, elle était familière mais il ne la reconnaissait pas. Il fit un mouvement vers elle, se redressa sur son lit. Mais oui, bien sûr, c'était son défunt d'aujourd'hui. Aucun mot ne fut prononcé. Il y avait juste une petite musique lumineuse qui résonnait tout doucement, comme si elle venait de chez les voisins. Une flûte. Le visiteur l'invitait à le suivre. Et Kogan le suivit. Il n'y avait pas le moindre soupçon de surnaturel là-dedans. C'était d'une réalité convaincante.

Au matin, sa femme l'appela à deux reprises pour le petit déjeuner, il ne venait pas. Elle entra dans son cabinet. Il était allongé sous le plaid à carreaux, mort, et il souriait.

# *Le serpentin*

*À la mémoire de Katia Guénieva*

Nadiejda Guéorguievna était une bibliographe de l'ancien temps, d'avant l'informatique. Quand les ordinateurs étaient apparus dans la vie de sa génération, elle avait été la première à s'émerveiller de la dextérité de ce nouvel instrument et avait senti au plus profond de son âme que le monde avait changé de façon grandiose et irréversible. Et elle avait été la première, dans l'énorme bibliothèque, à en assimiler toutes les nouvelles subtilités.

Les employés de bibliothèque, entourés de vieux bouquins et de nouveautés désuètes, sont des gens conservateurs du fait de leur nature qui est de conserver, ils sont réfractaires à toutes les innovations, même les plus insignifiantes, comme le déménagement d'une armoire à fichiers d'un coin à l'autre d'une annexe. À ce moment-là, au début de l'âge de l'informatique, s'était creusé un profond fossé que les uns franchissaient (certains d'un pas léger, certains avec difficulté), alors que les autres admettaient qu'ils resteraient à jamais dans un monde où les fiches bibliographiques, couvertes d'une écriture soignée, étaient solidement enfilées sur une tige métallique. De fait, il y avait dessus tout ce dont on avait besoin : le titre du livre, le nom de l'auteur, les cotes…

Nadiejda Guéorguievna, qui était loin d'être la plus jeune des employés, avait franchi d'un bond et sans encombre la frontière du nouveau millénaire. Ni sa fille Lydia ni son fils Micha n'avaient fait preuve d'une telle alacrité. Mais personne n'avait été particulièrement surpris par ses performances, car tout son entourage savait qu'elle possédait une mémoire illimitée et le tempérament puissant d'une locomotive.

Pressentant les succès à venir, elle s'était lancée dans la rénovation complète de l'équipement de la bibliothèque. Les employés les plus âgés, poussés par un sentiment d'infériorité professionnelle, n'avaient pas tardé à prendre leur retraite, et les petites nouvelles qui les avaient remplacés, après être passées par une formation de bibliothécaires, parfois même par un institut, étaient des gourdes finies. Nadiejda Guéorguievna avait alors constitué une équipe de façon presque clandestine, et avait entrepris d'initier à la nouvelle science de l'informatique les moins obtuses et les plus dégourdies.

Certaines comprenaient tout au quart de tour, par simple effleurement, et celles qui n'y arrivaient pas changeaient de métier. Souvent pour une profession bien plus profitable du point de vue matériel. Tout le monde sait que ceux qui travaillent dans les bibliothèques, que ce soit celle de Babylone ou celle d'Alexandrie, ont été de tout temps des gens d'une race particulière – de ceux qui croient au livre comme d'autres croient en Dieu.

Nadiejda Guéorguievna avait dépassé depuis longtemps l'âge de la retraite, mais elle était de cette race d'adorateurs des livres, et il ne lui venait même pas à l'idée d'abandonner son poste. Premièrement, deuxièmement, troisièmement... Tous ces nombreux arguments étaient avancés par sa fille Lydia, qui se débattait avec ses jumeaux tardifs et rêvait que sa mère vienne vivre avec elle pour s'occuper de ses petits-fils. Mais Nadiejda Guéorguievna n'y songeait pas une seconde : les enfants, comme chacun sait, grandissent très bien tout seuls, alors que les livres, eux, réclament des soins, surtout pendant cette période charnière pour les bibliothèques.

Elle avait en tête des projets grandioses et une fois qu'elle avait commencé quelque chose, elle n'abandonnait jamais avant d'être parvenue à la victoire finale. Une autre particularité étonnante de son comportement, c'est qu'elle s'adressait à ses supérieurs et à ses subordonnés sur le même ton, avec un intérêt plein de bienveillance dans lequel n'entraient ni sentiment de supériorité envers les inférieurs ni déférence obséquieuse envers les gens haut placés. Elle ne laissait rien passer et n'oubliait rien, même le prénom de la petite-fille de la femme de ménage qui nettoyait son bureau.

Elle avait un peu moins de soixante ans quand elle oublia le mot « serpenter ». Elle était en train de raconter à une amie quel merveilleux sentier abrupt elle empruntait pour grimper jusqu'à la maison de sa grand-mère dans un village près de Gagry, et comment par la suite, ce sentier était tombé en désuétude parce qu'on avait construit une route qui… Et là, elle s'était arrêtée net. Le mot « serpenter » lui était sorti de la tête, et à sa place s'ouvrait distinctement un vide béant. Un trou. Un blanc.

Sans rien laisser paraître, elle avait représenté un zigzag avec ses doigts. Et, toujours en zigzaguant, elle avait détourné la conversation vers autre chose, vers un thème culinaire, et avait raconté quelle délicieuse tourte sa grand-mère préparait durant les années de famine, avec ce qui était littéralement du fourrage pour les bêtes… Pendant ce temps, elle continuait à chercher tout au fond de sa mémoire le mot disparu afin de combler ce blanc. Et soudain, elle s'était rendu compte que ce n'était pas la première fois que cela lui arrivait, des trous de mémoire de ce genre. Il n'y avait pas longtemps, elle avait cherché à se rappeler le numéro de téléphone d'une camarade d'école et n'avait pas réussi à s'en souvenir. Alors que toute sa vie, elle avait su par cœur, comme le *Notre Père,* la liste de tous les numéros de téléphone… Ils lui échappaient…

Elle fut troublée, elle fut déconcertée, elle s'affola. C'était peut-être juste du surmenage ?

Le mot « serpenter » lui était revenu le lendemain, comme si de rien n'était. Mais ce « serpenter » n'était qu'un premier avertissement. Le jour suivant, elle n'arriva pas à se souvenir du titre du roman de McEwan qu'elle avait tellement aimé...

Les mots lui échappaient – les noms de famille, les chiffres. Mais les mots et les chiffres, ce n'était rien. Le pire, c'est qu'en allant dans la cuisine chercher un verre d'eau, elle oubliait ce qu'elle était venue faire, elle revenait au point de départ pour s'en souvenir, et y retournait une seconde fois. D'innombrables trajets pour aller chercher une tasse, une assiette, une serviette. Elle avait perdu son passeport. Il est vrai qu'elle l'avait retrouvé ensuite. Elle en avait un besoin urgent à ce moment-là, elle était en train de faire des démarches afin d'obtenir un visa pour l'Allemagne, et c'était pour une affaire importante, pas juste un voyage pour le plaisir. Elle devait rendre à un musée de Leipzig des livres dont les Soviétiques s'étaient emparés à la fin de la guerre.

Il lui arrivait de plus en plus souvent de s'arrêter net, le temps d'une seconde, pour reconstituer l'enchaînement d'actes qu'elle accomplissait autrefois automatiquement. Personne ne le remarquait, à part elle. Il n'y avait même personne à qui elle puisse faire part de son malheur, qu'elle gardait pour l'instant secret. L'angoisse d'oublier quelque chose d'important et d'urgent à son travail allait en s'intensifiant.

Elle se mit à s'écrire des petits mots. Ne pas oublier ceci et cela, téléphoner à telle personne, se rendre à un rendez-vous avec telle autre. Et sur une liste à part – ce qu'il fallait qu'elle achète. Ensuite, elle oubliait où elle avait mis ces pense-bêtes.

Un soir où sa fille était venue la voir avec ses petits-enfants, elle oublia le nom de l'un d'eux. Après leur départ, elle se souvint comment il s'appelait – Maxime. Et elle fondit en larmes. Elle comprit qu'elle souffrait d'une maladie épouvantable et honteuse.

Elle appelait sa maladie « le serpentin », et la dissimulait relativement bien à son entourage. Au bout de six mois, elle constata que même les noms de ses collaborateurs lui échappaient, et elle apprit à remplir les blancs qui résultaient de ces trous de mémoire par toutes sortes de formules impersonnelles du genre « ma chérie », « mon petit », « cher ami »…

Ayant déjà pris l'habitude de trouver sur Internet les réponses à toutes les questions, elle chercha d'où pouvait venir une détérioration de la mémoire et comment lutter contre. Un torrent d'informations déferla, et les recherches montraient qu'il s'agissait de troubles cognitifs entraînant des défaillances de la mémoire active – on proposait, pour les cas sans gravité, des promenades, de la vitamine B12, des pommes et des radis, et, pour les cas plus sérieux, des médicaments, depuis la glycine jusqu'au nootropyl, et encore tout un tas de choses.

Elle acheta tout ça, nota sur un papier ce qu'elle devait prendre et dans quel ordre. En trois exemplaires. Un à côté de son lit, un autre dans la cuisine, et le troisième dans l'entrée, près de la porte. Elle avait l'impression que cela faisait un peu d'effet. Mais, chose étrange ! les mots continuaient à s'échapper, à se perdre, et quand elle se concentrait pour essayer de saisir le disparu par la queue, à la place des mots russes enfuis surgissaient les mêmes mots, mais en allemand ou en anglais. Dieu sait pourquoi, le russe, sa langue maternelle, était la plus volatile, et c'étaient justement les mots russes que le vent de l'oubli emportait de plus en plus souvent. À leur place venaient des mots en allemand, sa première langue étrangère, celle que sa mère lui avait apprise dans son enfance. *Die deutsche Sprache... Ich erinnere mich... kleines Mädchen...* ou alors des mots anglais dont elle n'avait absolument pas besoin – *keep silent, you, crazy guy... I can't help you, my honey... serpentine...*

Ces satanées pertes de mémoire commençaient dès le petit déjeuner, qu'elle pouvait très bien sauter en pensant qu'elle l'avait déjà pris, ou bien elle en prenait un deuxième, ayant oublié celui qu'elle venait de manger. Le souvenir de ce qui s'était passé la veille ou une semaine plus tôt s'évaporait, mais plus le souvenir s'enfonçait dans les profondeurs en s'éloignant du présent, plus il était solidement ancré.

Elle prit des vacances. Elle avait accumulé des jours de congé durant ces trois dernières années.

Son fils Micha passa la voir. Elle n'arrivait pas à se souvenir quand elle l'avait vu pour la dernière fois.

« Pourquoi cela fait si longtemps que tu n'es pas passé ? lui demanda-t-elle.

— Mais qu'est-ce que tu racontes, maman, je suis venu avant-hier ! »

Elle lui avoua alors qu'elle avait des problèmes de mémoire, qu'elle oubliait tout. Micha était un homme très occupé, il était submergé par ses affaires, mais là, il comprit immédiatement qu'il devait intervenir. Et il était intervenu.

Il était aussi éloigné de la médecine que du ciel. Toutes ses affaires étaient extrêmement terrestres, à l'époque, il faisait commerce d'on ne sait trop quels terrains dans les alentours de Moscou, il construisait des villas, en vendait, en achetait et en revendait. Et il s'occupa aussitôt de sa mère, avec la rigueur et l'esprit de suite qui lui avaient été inculqués. Peut-être même par elle.

Il l'envoya voir des médecins réputés et coûteux – d'abord des thérapeutes et des neurologues, qui lui prescrivirent les pilules qu'elle avait dénichées sur Internet, ils lui firent des injections d'on ne sait trop quoi, mais rien n'y fit. Les choses ne faisaient qu'empirer. Micha entama alors le deuxième round – des homéopathes, des Chinois avec cautérisations et acupuncture, un authentique guérisseur tibétain qui travaillait avec un interprète. Svetlana, la femme de Micha, qui avait un penchant pour la magie populaire, lui amena une célèbre sorcière coiffée d'une chapka d'homme en fourrure qui fit bouillir de l'eau dans une casserole crasseuse qu'elle avait apportée, jeta dedans des détritus magiques, regarda longuement les fragments de racines qui bouillaient, puis fit refroidir la décoction, la mélangea avec une certaine huile, en enduisit les oreilles de Nadiejda Guéorguievna, son nez et sa bouche, et lui fit boire le reste. Une vraie cochonnerie.

Après le départ de la vieille femme, Nadiejda Guéorguievna alla dans la salle de bains laver l'onguent magique et déclara : « Ça suffit comme ça, les enfants ! *Genug… Finita la commedia…* »

Ce fut, semble-t-il, la dernière décision qu'elle prit de sa vie.

Son monde rétrécissait, les trous laissés par les choses oubliées s'élargissaient, et tout s'en allait – les noms des gens, les titres des livres, non seulement les souvenirs de la veille, mais également les précieuses encoches laissées par les événements de son enfance : le chien qui l'avait mordue dans la cour, l'encre qu'elle avait répandue sur son tablier blanc d'écolière, sa fracture de la jambe quand elle avait passé l'examen de préparation militaire en classe de cinquième. Elle oublia sa mère, son père, son mari. Et se dissipèrent aussi toutes les connaissances abstraites et théoriques qu'elle avait acquises au cours de sa vie par la lecture, par l'étude, par les relations avec les gens. Tout l'immense savoir lié aux bibliothèques, auquel elle accordait tant de prix. C'était comme si ses pensées descendaient depuis les hauteurs jusqu'à des bas-fonds où la bouilloire était restée sur le feu – elle l'avait oubliée, une fois de plus, elle l'avait oubliée, toute l'eau s'était évaporée et elle avait brûlé… Son fils lui en apporta une autre, une électrique. Bon, là, c'est le bouton pour la mettre en marche, la petite lumière qui s'allume…

Un jour où sa fille Lydia vint la voir, elle lui sourit aimablement, fit un signe de tête et demanda :

« Comment allez-vous, ma chère ? »

Lydia fondit en larmes.

Son fils la plaça dans une maison de retraite spéciale

extrêmement coûteuse, dans les environs de Moscou. Elle s'y sentait bien, elle avait retrouvé son calme : la disparition des mots ne la tourmentait plus, en partie parce qu'ils l'avaient définitivement quittée et que leur absence temporaire ne l'agaçait plus, et en partie parce qu'on lui injectait des mélanges spéciaux de fortifiants et de calmants qui la faisaient dormir de plus en plus. Parfois, elle se levait, s'asseyait près de la fenêtre, vêtue d'un beau peignoir mauve, et regardait dehors. Il y avait là une blancheur neigeuse apaisante qui se confondait avec celle qui se déployait à l'intérieur d'elle-même et qui la torturait tant autrefois. À présent, ce vide intérieur était absolu, alors que celui d'avant était sporadique, chaotique, il s'y déroulait une lutte pour retrouver des îlots colorés par l'amour, l'inquiétude, par une soif d'action, et il était mouvant, ce vide, comme dans ce jeu d'enfant, ce jeu qui… Elle avait oublié son nom. Maintenant, cette blancheur n'avait plus rien d'angoissant ni de dangereux, comme celle d'une salle d'opération, elle était d'une tout autre nature – apaisante, calme, elle inspirait confiance. Comme le manteau de neige épais et dense qu'elle voyait de sa fenêtre.

Ce matin-là, avec l'aide d'une infirmière, Nadiejda Guéorguievna mangea des flocons d'avoine et du fromage blanc, elle but le café au lait qu'elle prenait toujours le matin, et resta longtemps assise à la fenêtre, s'abandonnant à cette sensation de blancheur sans début ni fin, à l'intérieur comme à l'extérieur. Elle resta ainsi, absorbée dans sa torpeur, jusqu'au moment où cette blancheur immobile fut soudain déchirée par une gerbe d'éclairs bleus, et l'un de ces éclairs la frappa à la tête. Le choc brisa cette blancheur apaisante qui se fissura avec un bruit léger, il s'avéra que ce n'était qu'un voile, et voilà, ce voile était tombé.

Nadiejda Guéorguievna poussa un cri. Le tableau qui se découvrait à elle était bien plus immense que le monde dans lequel elle vivait. Pas de trous ni de vides, mais un tissu dense et magnifique qui était l'univers, il y avait dedans la terre et tout ce qui vivait dessus, et toutes les connaissances que possédaient les plantes, les microbes, les fourmis, les éléphants et les êtres humains étaient rassemblées, elles communiquaient entre elles, se déversant les unes dans les autres. C'était un savoir total, absolu et qui ne cessait de grandir.

Elle avait passé toute sa vie à lire des livres et à remplir des fiches de catalogue en s'étonnant qu'il existe sur terre tant de savoirs différents qui ne se rejoignent pas. Et quand les ordinateurs étaient apparus, elle s'était rendu compte que les limites des connaissances s'étendaient bien plus loin qu'on ne le croyait autrefois. Et elle avait appris à marcher sur de nouveaux sentiers.

Mais ici, ce n'était pas le monde de ce que l'on apprend, c'était celui d'un savoir absolu, et ce monde était sans limites… Tout ce qu'elle avait appris dans les livres, depuis le manuel scolaire de grammaire jusqu'aux choix de textes sur l'histoire de l'Antiquité, depuis la démonstration du théorème de Pythagore jusqu'à la structure des phloèmes, tout cela n'était qu'une petite partie de l'espace qui s'ouvrait à elle.

Ce chaos intelligent l'invitait à la rejoindre, il avait besoin d'elle.

« Où sont mes lunettes ? » se demanda-t-elle. Mais elle comprit aussitôt que sa vue était parfaite, qu'elle voyait tout d'une autre façon qu'auparavant, comme si elle ne se trouvait pas dans le monde habituel à trois dimensions, mais à l'intérieur d'un autre espace. C'était une beauté grandiose dont elle avait soupçonné l'existence quand elle travaillait dans sa bibliothèque au service des acquisitions, mais elle n'avait pas imaginé ni espéré se retrouver là un jour, et elle se remplit de bonheur à ras bord, au point d'en perdre ses propres limites, car elle avait senti qu'elle était accueillie pour toujours, et que ce qu'elle avait le plus aimé en cette vie – étudier, apprendre des choses nouvelles et, grâce à ces connaissances, s'élargir jusqu'aux limites de ce que pouvait contenir son esprit malade, surmené et épuisé par le travail – tout cela lui était donné d'un seul coup et pour toujours. Ce monde resplendissant n'avait pas de frontières. Il avançait, se déployait, s'amplifiait et tournoyait comme une route qui serpente.

LES AMIES


*En guise d'avant-propos.* Je n'en veux pas d'autres... 13
Le Dragon et le Phénix 17
Alice s'achète une mort 41
L'étrangère 63
Bénis soient ceux qui... 99


LE CORPS DE L'ÂME


*En guise de préface.* Pas une seule leçon n'est assimilée 119
Toute cette viande, où est son âme, je vous le demande ! 121
Aqua Allegoria 129
Ensemble 139
Un homme dans un paysage de montagnes 145
Ava 167
L'autopsie 177
Le serpentin 193